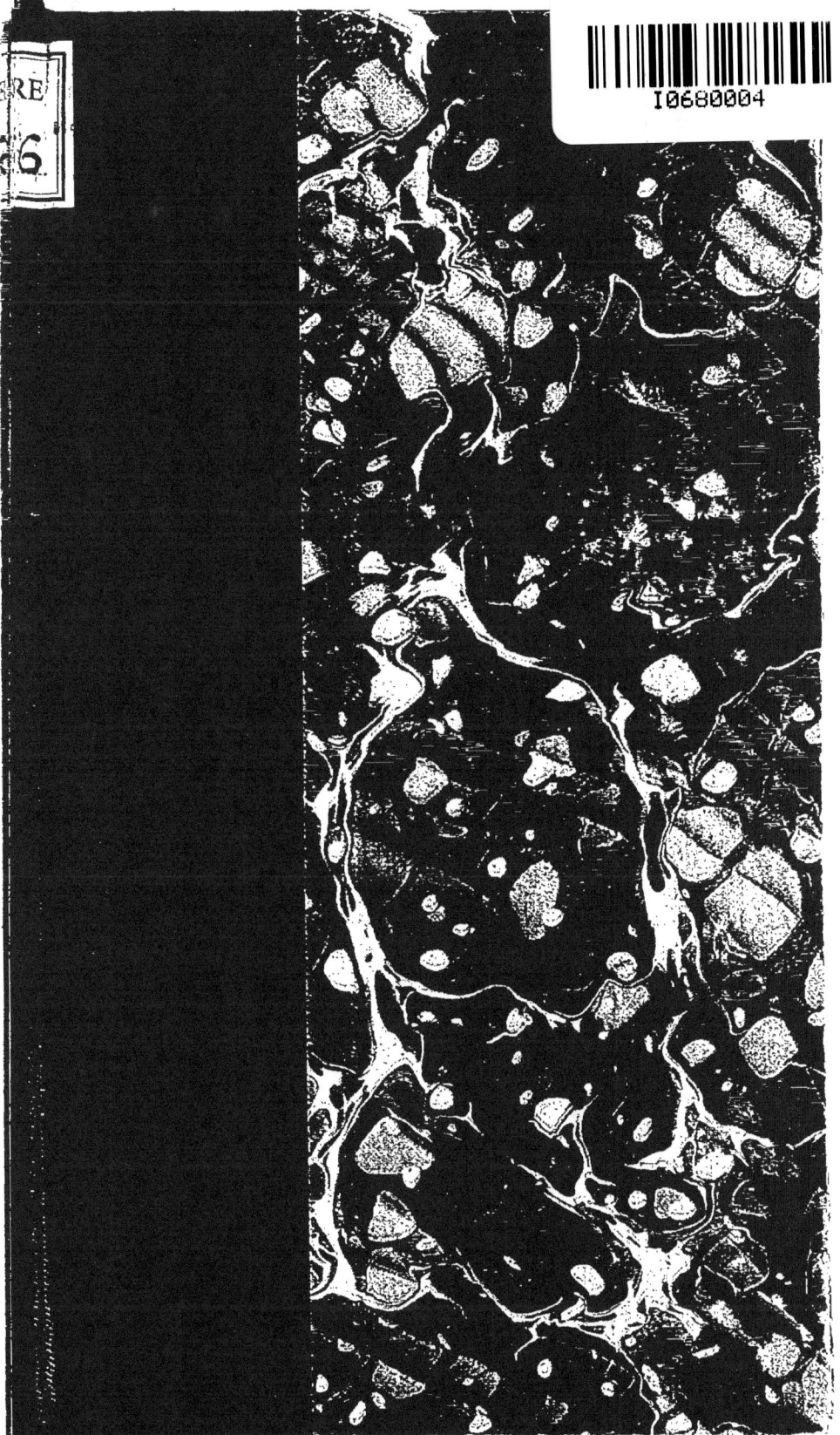

ROBERT 1978

# DISCOURS

## SUR
## LA NÉCESSITÉ DE L'ÉTUDE
### DE
# *L'ARCHITECTURE,*

## DANS LEQUEL ON ESSAYE DE
prouver, combien il est important pour
le progrès des Arts, que les Hommes
en place en acquièrent les connoissances
élémentaires; que les Artistes en appro-
fondissent la théorie; & que les Artisans s'appliquent aux développemens du
ressort de leur profession.

*Prononcé à l'ouverture du cinquième Cours*
*public donné par le sieur BLONDEL,*
*Architecte, Professeur & Directeur de*
*l'École des Arts, rue de la Harpe, à Paris.*

## A PARIS;
Chez C. A. JOMBERT, Imprimeur-Libraire
du Roi en son Artillerie, rue Dauphine,
à l'Image Notre-Dame.

## M. DCC. LIV.

197

# AVERTISSEMENT.

LES citations d'Auteurs, le dénombrement des Monumens, la connoissance des bons Livres, les noms de la plûpart des Amateurs & des Artistes, occupent un espace considérable dans cet ouvrage. Les en retrancher entierement, c'eût été le priver d'une partie de ses preuves & de son utilité; les insérer dans le texte, c'eût été le couper à chaque instant & en rendre la lecture fatigante. C'est par ces raisons que nous avons jugé à propos d'en faire des notes les plus concises & les plus intéressantes qu'il nous a été possible. Assez d'Auteurs célèbres pourront louer le rang & la naissance dans les Hommes illustres dont nous avons eu lieu de parler; nous n'avons dû les considérer ici que par la protection qu'ils accordent aux Beaux Arts. Mais comme nous nous sommes proposés pour objet, d'inspirer le même goût à nos Concitoyens ; en leur proposant de si grands exemples, nous leur avons indiqué en même tems les occasions fréquentes qu'ils ont de s'instruire. Nous ne nous sommes pas piqués de dire toujours des choses neuves ; mais nous espérons qu'on sera satisfait de l'ordre sous lequel nous les avons présentées ; de l'attention que nous avons eu à faire connoître des objets, la plûpart trop ignorés, & des réflexions dont nous avons accompagné nos indications. Pour être plus intelligibles, & faciliter les connoissances aux personnes qui ne sont pas de la profession, nous nous sommes encore déterminés à donner des définitions abrégées des principaux termes de l'Art, répandus dans le discours. Nous avons enfin préféré le format in-8º. à l'in-4º. afin de rendre plus portatif un ouvrage qui doit servir à nos Eleves, comme de guide dans le plan de leurs études & de leurs recherches.

# DISCOURS

## SUR

## LA NÉCESSITÉ DE L'ÉTUDE

### DE

# *L'ARCHITECTURE.*

## MESSIEURS,

Sı le nombre des Cours publics qui font ouverts dans cette Capitale, fur prefque toutes les Sciences (*a*) &

(*a*) De ce nombre font les leçons publiques de Mathématiques, d'Architecture, de Perfpective & de Phyfique expérimentale, données au Louvre par MM. *le Camus*, *Loriot*, *le Clerc* & l'Abbé *Nolet*; celles fur la Chimie, par M. *Rouel*; fur l'Anatomie, par M. *Sue*; fur la Botanique, par M. *de Juffieu*; indépendamment de nos féances Académiques, de nos écoles de Médecine, de Chirurgie & autres établiffemens & affemblées publiques dont nous parlerons dans la fuite.

A iij

les Arts, prouve d'un côté le zèle
que les Sçavans ont pour dévelop-
per aux Amateurs & aux Eleves les
découvertes qu'ils font tous les jours
dans leur profession ; si la foule qui
accourt à ces leçons démontre en
même tems quelle est l'ardeur des
Particuliers à s'instruire, & quels font
les fruits qu'on doit attendre de cette
émulation ; cette multitude d'exercices pouvoit d'un autre côté nous
faire craindre que nos Citoyens ne
manquassent de loisir, pour suivre
les leçons que nous avions à leur
offrir sur l'Architecture. Cependant
excités par l'empressement de quelques-uns, convaincus du besoin d'é-
clairer les Hommes d'un certain ordre, & empressés à perfectionner les
Personnes même qui se destinent aux
beaux Arts; nous n'avons point hé-
sité à vous présenter une occasion
d'apprendre & de connoître une profession si utile à la société, & si

[7]

néceſſaire à la vie civile ; nous nous ſommes même flattés, ſur le goût qu'on témoignoit en général pour d'autres études, non moins dignes d'application que l'Architecture, qu'on ne refuſeroit pas quelques momens à un Art, dont on recueilleroit dans la ſuite les plus grands avantages.

Nous commençâmes en 1743 l'eſ-ſai du projet que nous exécutons aujourd'hui ; (*a*) nous ne fimes que quatre Cours publics, dont le dernier finit en 1748. Nous ne tardâmes pas à nous apercevoir de l'inſufiſance de ces leçons, qui n'avoient pour objet que la théorie, & qui ne pouvoient être propres qu'aux Artiſtes ; nous crûmes donc qu'il étoit néceſſaire de les ſuſpendre pendant quelques an-nées, & de chercher les moyens de

(*a*) Ces leçons publiques furent autoriſées par le Miniſtere, en conſéquence de l'agrément de l'Académie Royale d'Architecture qui en approu-va l'établiſſement le 6 Mai 1743.

A iiij

[ 8 ]

nous rendre plus utiles ; dans ce deffein, nous nous fommes occupés à
raffembler ce que les meilleurs Auteurs anciens nous ont laiffé fur l'Architecture ; nous avons examiné les
découvertes que les modernes ont
faites fur cet Art ; nous avons appré-
cié les ouvrages de nos Architectes
François & les Monumens remar-
quables dont ils ont orné & enrichi
cette Capitale. Nous avons joint la
théorie à l'expérience ; & pour dé-
dommager nos Citoyens de l'inter-
ruption de nos leçons publiques, nous
avons accordé gratuitement, en 1749,
douze places ( *a* ) annuelles dans cette
Ecole des Arts, à de jeunes Eleves
qui, plus favorifés de la nature que

(*a*) En 1750 l'école des Arts, du fieur Blondel,
fut choifie pour enfeigner l'Architecture aux Eléves
des Ponts & Chauffées ; en conféquence, le Miniftere obtint de Sa Majefté une gratification an-
nuelle de 2400 liv. pour les frais de l'inftruction de
fix des Eléves de cette école, qui par ce moyen fe
trouvent munis de livres, d'inftrumens, & autres
dépenfes néceffaires pour l'étude de cet Art.

[9]

de la fortune, promettent par d'heu-
reufes difpofitions de devenir un jour
des hommes précieux à l'Etat, & des
Artiftes capables d'illuftrer leur profeffion.

Ces places gratuites ne feront point
interrompues par nos leçons publiques, & ces difciples jouiront de leurs
inftructions, parmi le concours des
Eleves qui nous font adreffés par la
bienveillance du Miniftere, la confiance publique, & la réputation que
nos foins, fans doute, plus que nos
talens, nous ont procuré chez l'E-
tranger.

C'eft dans l'intervalle de tems qui
s'eft écoulé, & par l'expérience que
nous avons acquife depuis nos dernieres leçons, que nous avons re-
connu que la plus grande partie de
ceux que leur naiffance contraint de
s'appliquer à plufieurs genres d'é-
tudes, négligeoient abfolument les
premiers principes de l'Architecture;

que ceux mêmes qui veulent en faire
leur profession, avoient encore befoin qu'on leur offrît une théorie
fuivie, analytique, & démontrée
d'une maniere claire & convain-
cante : enfin, qu'il étoit néceffaire
que ceux qui fe vouent par état à
la pratique du bâtiment, trouvaffent
dans des leçons publiques des principes proportionnés & conformes à leurs
befoins ; avantages que ces differentes
claffes d'Auditeurs trouveront dans
les Cours que nous allons ouvrir, &
où nous tâcherons de parler à chacun le langage qui lui convient.

Nous commencerons, Meffieurs,
par avouer que cette même expérience que nous tenons enfin d'une
longue fuite d'étude & de réflexions,
nous a convaincu que nos premiers
Cours n'étoient que des leçons dé-
nuées de démonftrations, que des
cahiers en défordre, qu'une théorie
trop élevée pour des Artifans, que

[11]

des diſſertations trop méchaniques
pour des eſprits éclairés; nous nous
flatons cependant que ces défauts
trouveront une excuſe dans un début
trop précipité, dans le zèle qui n'a
ceſſé de nous animer pour la perfection d'un Art ſi recommandable, &
dans l'indulgence du Public toujours
empreſſé à applaudir aux moindres
marques de l'émulation d'un citoyen.
Les premiers ſuffrages avoient pu
entretenir notre erreur; le ſilence
des Architectes de nos jours, la di-
ſette des leçons publiques ſur l'Architecture, peut-être la négligence
de pluſieurs des Maîtres qui l'enſei-
gnent en particulier, devoient nous
attirer un concours ſéduiſant; mais
nés ſans partialité, lorſque nous nous
ſommes examinés de plus près, & que
nous avons remonté à la ſource des
principes immenſes de l'Art & à
l'étendue des obligations d'un Pro-
feſſeur, combien nous nous ſommes

[ 12 ]

trouvés loin du but ! qu'il eft encore à
craindre que nous ne nous laiffions
entraîner par l'ardeur de nous éclairer
nous mêmes en inftruifant les autres!

Quoiqu'il en puiffe être, nous avons
cherché fincerement les moyens de
prévenir les inconvéniens, & d'éviter les défauts dans lefquels nous
étions tombés : pour y parvenir, il
nous a fallu du tems, de l'exercice,
des confeils, & de la fermeté contre
les obftacles inféparables d'une grande entreprife ; mais encouragés par
les bienfaits de Sa Majeste' (a),
nous reffouvenant des bontés dont le
Public nous honoroit, & nous rap-
pellant les droits qu'il avoit fur notre reconnoiffance, pouvions-nous
faire trop d'efforts ?

Animés par de fi puiffans motifs,

(a) L'année derniere, Sa Majefté, à qui le Miniftre voulut bien rendre compte du fuccès de cette
école, eut la bonté de l'honorer de fa protection,
en accordant au fieur Blondel une gratification
extraordinaire de 2400 liv. fur le tréfor Royal.

[ 13 ]

nous avons travaillé fans relâche à
refondre les leçons que nous avions
précédemment données ; à éclaircir
les matières, à en étendre quelques-
unes, à en fimplifier d'autres. Mais
la néceffité, de mettre ces leçons à
la portée de tous nos Eleves, nous
ayant fait fentir qu'il falloit, quoiqu'il fût queftion des mêmes préceptes, les leur préfenter fous différentes faces, les leur expliquer fous
diverfes formes, nous avons compris
qu'il falloit encore les diftribuer en un
certain nombre de Cours différens.

Dans ces vûes, nous avons jugé convenable d'en inftituer trois ; le premier
que nous appellerons *Cours élémen-*
*taire,* fera fpéculatif, accompagné de
démonftrations, & regardera fur tout
les perfonnes qui n'ont befoin d'acquérir les principes de cet Art que
par induction ; fon objet fera de multiplier les connoiffances, d'éclairer
le goût, de guider le jugement de

ceux qui par leur naiſſance doivent
un jour exercer les premiers emplois
de l'Etat, ſoit à la Cour, ſoit dans
les Provinces, & qui par cette con-
ſidération ne doivent pas ignorer
les principaux élémens d'un Art ſi
fort en recommendation chez tous
les Peuples policés, & ſur lequel ils
auront ſouvent des choix à faire, des
déciſions à donner & des exemples
à laiſſer à la poſtérité.

Le ſecond, intitulé *Cours de théorie*, ſera accompagné de citations
utiles & importantes, dicté, démon-
tré, & deſtiné pour ceux qui font
leur objet non ſeulement de l'Architecture, mais encore de la Peinture,
de la Sculpture, & des autres Arts,
qui tirent tous de grands avantages
des règles & des principes de l'Architecture ; ce qui perfectionnera les
lumieres déja acquiſes par les Perſonnes de la profeſſion, & leur fera pénétrer l'origine & diſcuter les préceptes

[15]

d'un Art dans lequel ils doivent un jour faire éclater tout leur talent.

Le troisième, sous le nom de *Cours de pratique*, aura pour objet l'exercice du dessein (*a*); l'application de la Géométrie pratique aux Arts méchaniques; & sera consacré à ceux qui, se bornant à la construction des bâtimens, ont besoin d'une théorie moins transcendante, mais auxquels de simples élémens ne suffiroient cependant pas, pour acquérir les connoissances qui leur sont nécessaires dans l'art de bâtir, & qui faute de principes, ne pourroient jamais faire de grands progrès dans leur profession.

(*a*) Nous estimons le dessein si nécessaire à tous les genres de talens, que nous ne sçaurions trop en recommander l'exercice à tous nos Ouvriers; lui seul peut leur attirer quelque distinction dans leur profession, & les guider dans la conduite de leurs travaux. Personne n'ignore que c'est depuis que cette étude est entrée pour quelque chose dans l'éducation des Artisans, que la France l'emporte sur les Nations voisines dans la pratique des Arts de goût.

Nous ne prétendons point nous ériger en légiſlateur de l'Architec-ture, en critique de ſes règles fon-damentales, en juge ſouverain des productions de ſes Maîtres ; c'eſt au contraire les principes qu'ils ont ſui-vis, que nous tâcherons de dévelop-per ; ce ſont les beautés avouées de tous les ſiecles & de tous les con-noiſſeurs, que nous tâcherons de met-tre dans tout leur jour ; nous nous autoriſerons par-tout des loix, des écrits, des exemples des anciens & des modernes ; nous rendrons hom-mage à ceux dont les noms ſont de-venus les plus célebres ; nous ne re-fuſerons pas nos éloges à ceux qui, ſans être parvenus à une ſi grande perfection, méritent cependant d'être diſtingués ; en un mot, faire naître parmi les différentes claſſes que nous venons d'aſſigner, un deſir ardent de s'inſtruire & de voir élever des chef-d'œuvres dignes de notre ſiecle, &

de

[17]

de notre Nation; faire éclorre parmi ceux qui font confommés dans la profeſſion, la noble envie de publier les fecrets de leur Art, & leurs découvertes particulieres, multiplier les fecours, les connoiſſances, les leçons publiques, le nombre des Profeſſeurs; voila tout l'objet de nos travaux, voila la plus digne récompenſe de nos foins.

C'eſt ainſi, Meſſieurs, que Paris eſt devenu, fous le regne de *Louis le Grand*, l'émule de l'ancienne Rome; que tous les Arts (*a*) y ont

(*a*) *Art.* On entend fous ce nom autant les préceptes, que les opérations où l'eſprit a plus de part que la main. On diſtingue deux fortes d'Arts: on dit art libéral, & art mécanique. Le premier exige la théorie des fciences qui y ont rapport; l'autre ne femble exiger que l'expérience & la pratique: de maniere que celui qui exerce un art libéral eſt nommé Artiſte, & celui qui fait fa profeſſion des arts mécaniques eſt appellé Artifan. Tous les arts libéraux font connus fous le nom de beaux Arts; de ce nombre font l'Architecture, la Sculpture, la Peinture, la Gravure, &c. La Maçonnerie, la Charpenterie, la Menuiſerie, la Serrurcrie, &c. font des arts méchaniques.

B

étalé à l'envi, leurs agrémens & leurs richesses ; & que l'Architecture (a),

(a) *Architecture.* On en distingue de trois espéces ; la *Civile*, la *Militaire* & la *Navale.* Celle qui fait ici notre objet, comprend trois parties principales ; sçavoir, la construction, qui a pour objet la solidité ; la distribution, qui a pour objet la commodité ; & la décoration, qui a pour objet l'ordonnance du bâtiment en général. On distingue aussi plusieurs genres d'Architecture, depuis les Grecs jusqu'à nous ; sçavoir, l'Architecture Antique, Ancienne, Gothique, & Moderne. L'Antique est la plus généralement estimée pour la justesse de ses proportions : elle a été suivie par les Romains, & a subsisté jusqu'à la *décadence* de leur Empire ; elle a succédé chez nous à la Gothique. Le château de Maisons, bâti par François Mansard, est dans le goût Antique.

L'*Architecture Ancienne* differe de l'Antique par sa pésanteur excessive & le mauvais choix de ses ornemens ; elle tire son origine de l'Empire d'Orient, & a donné naissance à la Gothique. Plusieurs de nos édifices sacrés, en France, sont de ce genre.

L'*Architecture Gothique*, appellée Moderne, differe de l'Ancienne par l'artifice de son travail & l'élégance de ses proportions : elle tire son origine du Nord. Les Cathédrales de Rheims, de Strasbourg, l'Eglise de l'Abbaye de S. Ouen de Rouen, &c. sont de ce genre.

L'*Architecture Moderne* est celle qui, participant des proportions antiques pour l'ordonnance, comprend l'élégance des formes, & la commodité

par la magnificence de ses Palais (*a*), l'importance de ses Bâtimens (*b*), la quantité de ses Edifices (*c*), y attiroit

des dedans, & peut être désignée sous le nom d'*Architecture Françoise* ; aucune Nation policée n'étant parvenue comme elle à concilier, d'une maniere véritablement intéressante, les trois parties qui caractérisent l'Architecture civile dont nous venons de parler ; sçavoir, la construction, la distribution & la décoration. Le château de Clagny, bâti par Hardouin Mansard, est peut-être un de ceux qui réunissent le plus parfaitement ces trois parties.

(*a*) *Palais.* Sous ce nom on entend un bâtiment destiné à la demeure d'un Souverain, & dont la grandeur, la magnificence & le choix des ornemens répondent à la dignité du personnage qui l'habite. Tels sont à Paris, les Palais des Tuileries, du Luxembourg, &c.

(*b*) *Bâtiment.* Sous ce nom on entend plutôt une maison bourgeoise, que la résidence d'un grand Seigneur ; il suppose moins d'étendue & plus d'économie que tout autre genre d'édifice ; enfin on sous-entend par bâtiment une maison particuliere, telle que celle de M. *de Janvry*, Fauxbourg S. Germain, à Paris, bâtie par M. *Cartaud* ; celle de M. *Galpin*, à *Auteuil*, bâtie par M. *Dullin*, &c. ( Voyez le plan de ces maisons dans le Livre intitulé *Architecture Françoise.*

(*c*) *Edifices.* Sous ce nom on entend moins un bâtiment destiné à l'habitation, qu'une grande place, un Hôtel de Ville, une Bourse, une Bibliothéque, & tout autre bâtiment dont l'intérieur servant

toutes les Nations étrangeres, qui ne fe bornant pas à une admiration ftérile, cherchoient à s'inftruire, & à épurer leur goût par l'examen de fes monumens (a). Bientôt, à l'exemple de la Capitale, & par un effet de l'émulation que ce fameux Miniftre, le pere des Arts, *le grand Colbert*, fçavoit exciter jufques dans les lieux les plus reculés de cet Empire, nos Provinces, s'embellirent, s'enrichirent. Que ne dût-on

de dépôt public, annonce par fes dehors une ordonnance qui, embelliffant la Capitale, illuftre le goût de la Nation où ces édifices font érigés. La Place de Vendôme, le périftyle du Louvre, la Fontaine de Grenelle, à Paris, font de ce genre. On appelle édifice coloffal celui dont les proportions, l'étendue, les dimenfions & les hauteurs font confidérables : tel eft le Portail de Saint Sulpice, à Paris, &c.

(a) *Monument.* Sous ce nom l'on entend tout ouvrage d'Architecture & de Sculpture deftiné à conferver la mémoire des grands hommes ; tel que les Obélifques, les Maufolées, les Arcs de triomphe, &c. La Porte S. Denis, à Paris, la Colonne de l'Hôtel de Soiffons, le Tombeau du Cardinal de Richelieu, à la Sorbonne, font de ce genre. Les édifices facrés font auffi appellés monumens, tels que les Eglifes de la Sorbonne, du Val-de-Grace, & autres.

( 21 )

pas à la protection & à l'encouragement accordés aux Arts ? L'Architecture y enfanta, comme dans la Capitale, des merveilles dignes de la curiosité des Etrangers. Mais que ces tems font changés, fur tout pour l'Architecture, dont la décadence ( *a* ) s'annonce de la maniere la plus fenfible : Si l'on compare les Edifices de nos jours avec ceux du fiecle paffé, on fera forcé d'avouer que cette ridicule rivale du bon goût, la frivolité, eft prête à l'emporter fur la grandeur & la majefté des Monumens élevés fous

(*a*) Nous entendons ici par la *décadence de l'Architecture*, le peu d'édifices d'importance en général qui s'élevent préfentement en France ; il femble même que le goût dominant de notre Nation & le but des Architectes de nos jours, n'ayent égard qu'à la commodité relative à la diftribution des bâtimens deftinés à notre habitation ; on pourroit dire auffi qu'il femble que ces Artiftes portent tous leurs foins & leurs études à la perfection & à l'embelliffément de la décoration intérieure, pendant que nos façades n'annoncent que très-foiblement l'application des préceptes qui nous ont été tranfmis par les Grecs & les Romains, & ne préfentent qu'une foible idée de l'opulence de la plûpart de nos Citoyens.

B iij

le regne de Louis XIV.

Une des sources de cette dégradation ne seroit-elle pas dans l'abus que l'on fait de son loisir, & dans la multiplicité de ces études superflues, qui ne tendent qu'à détourner de la connoiffance des Arts vraiment utiles; de ces Arts, fans lefquels il n'eft pas poffible qu'un Etat conferve long-tems fa fplendeur ?

En effet, Meffieurs, que peuvent devenir ces Arts abandonnés, pour ainfi dire, à eux mêmes, lorfque la plus grande partie des Perfonnes en place, nécs pour les protéger, les animer, les encourager, & pour récompenfer ceux qui foutiennent leur éclat, en ignorent eux-mêmes jufqu'aux plus fimples élémens, & ne font pas en état d'en évaluer les productions ? Sauvons, s'il fe peut, l'Architecture de cet écueil, en fuppléant par nos démonftrations publiques, à la négligence, pour ne pas dire au mépris, qu'on foupçonneroit la plûpart des

Hommes du premier ordre d'avoir
eu pour elle, puisqu'il ne paroît pas
qu'on ait fait entrer jusqu'à préfent
dans aucun plan d'éducation diftin-
guée, une étude auffi utile au bien
de la fociété, & auffi néceffaire pour
le befoin particulier.

Les Perfonnes deftinées à com-
mander aux autres, les Miniftres
d'Etat, les Gouverneurs, les Chefs
de l'Eglife & de la Magiftrature, font
tous protecteurs nés des Arts & des
Artiftes; il importe par conféquent
qu'ils connoiffent les uns & qu'ils
eftiment les autres; pour cela ils ne
doivent pas attendre les lumieres
dont ils auront befoin, d'une expérience qui ne s'acquiert ordinairement que par une longue fuite d'an-
nées: n'ont-ils pas à craindre que
pendant ce long efpace de tems, les
deniers publics ne foient confommés
en édifices qui n'attireront pas la moindre approbation aux Ordonnateurs,
la moindre réputation aux Artiftes

& le moindre avantage à la Nation?

Quelle gloire ne s'acquereroit pas, Messieurs, un Gouverneur de Province, un habile Militaire, qui après avoir employé en tems de guerre toutes les ressources de l'Art pour opposer à l'ennemi des barrieres impénétrables, non moins habile Citoyen, deviendroit en tems de paix le protecteur des Artistes, & tourneroit tous ses soins dirigés par leurs lumieres, à la décoration, à l'embellissement, & à la commodité des villes de son Gouvernement ( *a* )?

( *a* ) *M. le Maréchal de Belle-Isle* a contribué plus qu'aucun autre Gouverneur à l'embellissement de toutes les Villes de son Gouvernement. Metz surtout se ressent tous les jours de la magnificence & de la grandeur des vûes de cet illustre Citoyen, qui en homme éclairé se fait un plaisir raisonnable, pour se délasser des travaux de la guerre en tems de paix, de procurer aux habitans de ses Provinces des commodités, qui, en leur devenant personnelles, annoncent à la postérité ce que peut un homme du premier ordre instruit de la connoissance des beaux Arts ; connoissance qui en faisant honneur à la capacité de l'Ordonnateur, sert en même tems à relever l'éclat du siécle dans lequel ces hommes chers à la patrie ont vêcu.

[ 25 ]

Ce n'eſt pas aſſez qu'un Intendant
de Province, dépoſitaire des fonds
publics, exécute les ordres du Prince,
& cherche à procurer des avantages
& des embelliſſemens à ſa Province;
ce n'eſt pas aſſez, pour les devoirs de
ſon adminiſtration, qu'il ait ordonné
l'élargiſſement des rues d'une ville,
procuré des promenades à ſes Habitans, dirigé des places & fait conſtruire des marchés. Ces dépenſes ſont
louables, ſans doute; mais ſi on n'y
remarque, ni choix, ni ordonnance,
ni goût, loin de mériter les applau-
diſſemens des Connoiſſeurs, & de
ſervir à la gloire de la Nation, elles
tranſmettront à nos neveux l'incapacité des Ordonnateurs. Combien
au contraire n'ajouteroit-il pas à l'é-
clat de ſon caractere & de ſa place, ſi
veillant inceſſamment à la conſtruction (*a*) & au rétabliſſement des

(*a*) *Conſtruction*. On entend ſous ce nom l'art
d'arranger les differens matériaux d'un bâtiment, de
les lier enſemble avec ſolidité, & de réunir la char-

Bâtimens publics, à la beauté des
grands chemins, à la falubrité des
Habitans que le Prince a confiés à
fes foins, il s'acquittoit de fes fonc-
avec cette fureté de goût, & cette
étendue de lumieres & de difcernement qu'elles fuppofent (*a*) !

penterie, les gros fers, la menuiferie, &c. Enfin par
conftruction on conçoit l'art de bâtir par rapport à
la matiere auffi bien qu'à l'ouvrage ; une des plus
intéreffantes parties de la conftruction, dans la maçonnerie, relativement à l'art, c'eft la coupe des
pierres ; dans la charpenterie, l'affemblage des bois ;
dans la ferrurerie, la liaifon qu'elle doit procurer à
l'édifice ; dans la menuiferie, la commodité & la falubrité qu'elle produit dans l'intérieur des appartemens.

(*a*) Dans le nombre des Intendans qui fe font
fignalés par les travaux qu'ils ont ordonnés dans
nos Provinces, nous citerons ici M. *de Tourny*.
Bordeaux lui doit la plus grande partie de fes
embelliffemens ; mais la defcription n'en peut
trouver place dans ces notes, à caufe de leur détail
immenfe. D'ailleurs, nous nous réfervons d'en faire
mention dans l'*Architecture Françoife*. Nous citerons M. *de Moras*, qui a fait faire à *Valenciennes*
des bâtimens affez confidérables, & qui fait élever
actuellement fous fes ordres près de l'Efcaut, un
Hôpital, qui contiendra quatre corps de bâtimens
donnant fur une cour d'environ 246 pieds de lon-
gueur & de 160 de largeur, fur les deffeins de M.
*Haves*, Ingénieur des Ponts & Chauffées du dépar-

[ 27 ]

# Quelle diſtinction ne s'attirera pas dans une Province un Prélat ( *a* ), qui

tement de cette Province, & dont l'ordonnance & l'appareil de conſtruction méritent la plus grande attention. Enfin nous citerons encore M. *de Levignen*, Intendant d'*Alençon*, qui veillant inceſſamment à l'exécution des travaux publics, a fait conſtruire ſous ſes ordres à Alençon un Hôtel de Ville, & reconſtruire l'Egliſe Paroiſſiale qui avoit été détruite par le feu du ciel. Cette derniere a été exécutée ſur les deſſeins de M. *Perronet*, alors Ingénieur de cette Province, aujourd'hui Inſpecteur général des Ponts & Chauſſées du Royaume, du département de Paris, dont nous ne pourrions trop louer la capacité & les qualités perſonnelles, ſi la modeſtie de cet excellent Artiſte, & les bornes de cet abregé ne nous forçoient au ſilence.

Indépendamment des monumens dont nous venons de parler, érigés à Alençon ſous les ordres de de M. *de Levignen*, nous citerons auſſi les bâtimens des differentes Juriſdictions royales qu'il a fait élever à *Argentan*; il a rendu à *Falaiſe* ſes Fontaines publiques abandonnées depuis 200 ans; cette Ville lui doit auſſi un Hôpital général d'une grande étendue; & *Lizieux*, le rétabliſſement des Fontaines publiques; enfin les routes de Paris en Bretagne, au Mans, & à Caën, preſque reconſtruites à neuf, ſans compter pluſieurs Manufactures de laine & de toile établies dans differens endroits de la Généralité, ſont des monumens de cet illuſtre Intendant.

( *a* ) Parmi les Prélats, il en eſt peu qui ayent montré plus d'amour pour les Arts & plus de goût,

joignant aux vertus de fon état la connoiffance des Arts, fçaura préfider en homme éclairé, aux travaux toujours néceffaires dans fon Diocèfe pour la conftruction, l'entretien, ou l'embelliffement des Edifices facrés, qui plus que tous les autres, doivent fe reffentir de la majefté des formes (*a*), de la beauté des proportions (*b*), & du

que feu M. *Jean-François de Grignan*, Archevêque d'*Arles*. Les embelliffemens de fon Eglife Métropolitaine, le Palais Archiépifcopal, la part qu'il a eu à d'autres édifices élevés ou rétablis dans cette Ville, y ont rendu fa mémoire précieufe, & lui méritent encore les éloges des connoiffeurs.

(*a*) *Forme*. Mot qui dans l'Architecture défigne la beauté & la grace des contours d'un plan circulaire ou mixtiligne. On dit que cette forme eft défagréable, vicieufe, imparfaite; ou au contraire, qu'elle eft élégante, ingénieufe, noble, majeftueufe. Les formes confiftent principalement dans l'art de profiler ou de chantourner quelque membre d'Architecture ou de Sculpture, qui ne fe peut tracer géométriquement, mais feulement par l'habitude & les connoiffances du goût; derniere partie qui ne peut s'acquérir que par l'exercice du deffein & l'imitation des ouvrages les plus approuvés.

(*b*) *Proportion*. Partie la plus intéreffante de l'Architecture : c'eft elle qui détermine les dimen-

[29]

choix des ornemens ( *a* )?

Quel luftre enfin ne fe répandra
pas fur une Cité dont l'adminiftration

fions, les grandeurs, hauteurs & profondeurs des
plans & des façades d'un bâtiment ; c'eft par elle
qu'un édifice aquiert une relation intime entre le
tout & les parties, & que chaque membre fe trouve
à fa place. On ne peut arriver à cette connoiffance
fi effentielle, que par le fecours des Mathématiques
& l'étude des principes de l'Architecture antique ;
connoiffance que François Manfard, François Blondel & Claude Perrault ont poffédée fupérieurement.

( *a* ) *Ornement*. Ouvrage de Sculpture qui fert à
enrichir l'Architecture, & qui fouvent la caractéri-
fe. De ce nombre font les chapiteaux des Ordres
Ionique, Corinthien & Compofite. Les ornemens
font ordinairement allégoriques, fymboliques, ou
arbitraires ; mais dans tous les cas, ils doivent fe
reffentir de la folidité ou de l'élégance de l'ordonnance dont ils font partie. Il faut ufer avec prudence
des ornemens dans les dehors ; leur prodigalité
nuit à l'enfemble des maffes, accable fouvent les
parties, & corrompt les détails. Peut-être les élévations de la cour du Louvre feroient-elles encore un
meilleur effet, fi l'on eût entaffé moins d'ornemens
les uns fur les autres. Le périftyle du devant de ce
Palais eft beaucoup mieux entendu dans cette partie,
& leur répartition en eft plus heureufement conçue.
En général, les ornemens doivent être réfervés pour
les dedans des appartemens ; encore faut-il effen-
tiellement y obferver les régles de la bienféance &
de la convenance. ( Voyez ce que nous difons de ce
genre de Sculpture à la note ( *a* ) page 55.

aura été remife à des Magiftrats (*a*)
éclairés fur leurs devoirs, qui inftruits
de l'importance des Edifices qu'ils
ordonnent, font capables de diriger
eux-mêmes les embelliffemens de
l'intérieur de leur Ville; qui par un

( *a* ) Entre plufieurs exemples célébres que nous
avons en France du zéle des Magiftrats pour le bien
public, nous citerons feu M. *Turgot*, Prevôt des
Marchands de cette Capitale, dont la mémoire nous
fera toujours chere par les ouvrages qu'il a fait
élever de fon tems, les fêtes publiques qu'il a or-
données, & l'amour qu'il portoit aux Arts & aux
Artiftes. Nous rapporterons auffi un exemple du
bien que peut produire dans une ville le zéle d'un
Magiftrat, dans feu M. *de Pouilly*, Lieutenant de la
Ville de Rheims, qui de fon vivant a procuré de
l'eau à fes habitans, a fait conftruire des Fontaines
& des Machines hydrauliques, a contribué à l'éta-
bliffement des écoles gratuites de Mathématiques
& de Deffein, & qui en homme de lettres, a fçû
ramener le goût des Sciences & des Arts dans l'intérieur de fa Province. Nous croyons auffi devoir
parler d'un genie rare & tranfcendant dans un des
Citoyens de la même Ville, ( M. *Fremin*, Avocat
du Roi ) dont les lumieres, le goût dominant pour
les Arts, le defir d'être utile à fa patrie, & l'é-
xemple entretiennent, excitent & encouragent fes
compatriotes à faire fleurir une Capitale fi recommandable par fon antiquité, & à laquelle nous devons des hommes du premier ordre dans plus d'un
genre.

[ 31 ]

goût décidé & des lumieres acquifes, fçavent faire un bon choix d'Artiftes habiles, créer des Ecoles (*a*), protéger les Académies (*b*), exciter l'émulation chez le Citoyen, & par un judicieux emploi des épargnes publiques, contribuer à l'avantage & à la gloire de toute la Province?

Nous n'exigeons cependant .pas que les Perfonnes en place deviennent Artiftes elles-mêmes; mais il il faut qu'elles en fçachent affez pour concevoir de grandes idées, fentir le

(*a*) *Ecoles.* Lieux où des Profeffeurs enfeignent publiquement les Sciences & les Arts. Les écoles ont été célébres à Athènes & à Rome. A Paris, celles de Peinture, de Chirurgie & de Médecine, ont une grande réputation. On dit auffi écoles de Droit, d'Architecture, de Mathématiques, &c. ( Voyez l'école des Arts dont il eft parlé note (*a*) page 44.

(*b*) *Académies.* Lieux où s'affemblent les Gens de lettres, ou les perfonnes qui font profeffion des Arts libéraux, pour y conferer enfemble fur les Sciences & les beaux Arts, à deffein d'y réfoudre les difficultés, en étendre les préceptes & communiquer aux Sçavans leurs obfervations, foit publiquement, foit par écrit. ( Voyez le dénombrement de nos Académies à Paris, rapporté dans la note (*a*) page 58.

beau, applaudir à des projets dignes du gouvernement, indiquer aux Architectes le local des Edifices qu'ils feront chargés de faire élever ; concilier la gloire du Prince avec les interêts du particulier, l'étendue des projets avec l'œconomie publique, encourager les talens, récompenser à propos leur succès, & parvenir enfin à ce degré de discernement, à ce goût sûr & exquis, qui fait préférer l'Artiste à l'Artisan, qui fait distinguer d'un coup d'œil le défectueux du médiocre, & le médiocre de l'excellent. Sans la connoissance acquise de l'Art, & sans les qualités naturelles qui en font une juste application, on sera forcé de s'en rapporter à ce que la renommée aura publié au hazard du mérite de quelques Artistes, à ce que la faveur ou la recommendation aura exalté des talens de quelques autres, ou enfin, à ce qu'une prévention aveugle en inspirera. Mais

comment

[ 33 ]

comment éviter les piéges divers qu'on ne manque jamais de tendre à l'intégrité, au zèle, & aux intentions les plus droites, fi l'on n'a pas dans fes propres lumieres un fil affuré, qui ferve de guide dans le labyrinte où l'on cherche fans ceffe à égarer les Perfonnes conftituées en dignité?

Ne nous y trompons pas, Meffieurs, un Homme en place peut être bon Jurifconfulte, Prélat refpectable, grand Capitaine, homme judicieux, excellent citoyen, & méconnoître les Arts; quels abus alors ne naîtront pas de fon peu de difcernement? Mais fi ce défaut de lumieres eft dangereux dans ceux qui n'ont que l'adminiftration des Provinces, quelles fuites n'aura-t-il pas dans les Hommes élevés aux premieres charges de l'Etat, eux qui font les difpenfateurs des graces du Monarque, les dépofitaires de fes tréfors, qui ordonnent les Monumens

C

royaux, qui décident des embel-
lissemens de la Capitale, qui d'un
seul regard favorable ou indifférent,
font fleurir ou anéantissent les talens, assurent ou détruisent le progrès des Arts, perpétuent la gloire
ou précipitent la décadence de la
Nation ? Qu'on se rappelle les Richelieu, les Colbert, les Seguier & tant
d'autres Ministres auxquels la France
& les Arts doivent la plus grande
partie de leur splendeur ; & l'on se
demandera à soi-même avec surprise
par quelle noble inspiration, par
quel goût heureux, par quelle con-
stante application, ces Hommes ont
fait élever des Edifices qui, tout
solides & durables qu'ils paroissent,
le seront encore moins que leurs
noms.

Dignes rivaux des illustres Citoyens d'Athènes & de Rome, ils
avoient compris comme eux, que
rien n'assure davantage la durée
d'un Empire, & n'en relève plus

l'éclat, que ces Monumens, qui semblent braver les outrages du tems & les révolutions de la nature. En effet, ceux de l'ancienne Rome ne subsisteroient - ils pas encore, si la fureur des barbares, la jalousie des étrangers, ou les maximes d'un zèle outré (*a*) n'avoient autrefois conspiré leur destruction ? Ces fameux Amphithéâtres (*b*), ces colonnes (*c*)

(*a*) On trouve dans la vie des plus anciens Evêques des Gaules, entr'autres dans celle de Saint *Hilaire d'Arles*, que par un principe de piété ils faisoient dépouiller les anciens *Monumens* des Payens de leurs plus beaux marbres, pour en orner les Eglises.

(*b*) *Amphithéâtres*, grands édifices de forme circulaire, ou éliptique, qui chez les anciens étoient destinés aux exercices de la gymnastique, ou aux combats des bêtes farouches. L'Amphithéâtre de Vespasien, appellé le *Collisee*, & celui de Verone en Italie, sont les plus célébres qui nous restent de l'antiquité. Nous en avons aussi deux en France, les Arenes de Nîmes & celles d'Arles ; celles-ci sont presque détruites, mais les premieres sont mieux conservées.

(*c*) *Colonne Colossale*, monument trop considérable pour entrer dans l'ordonnance d'un édifice. Telles sont à Rome les Colonnes *Trajane* & Antonine ; à Paris, la Colonne de l'Hôtel de Soissons,

[ 36 ]

coloſſales, ces obéliſques (*a*) mer-
veilleux, ces cirques (*b*), ces por-

&c. Ces Colonnes ſont ſoumiſes aux mêmes proportions que les Ordres d'Architecture, mais ne
ſont jamais couronnées par des entablemens. Elles
ſervent ordinairement à recevoir au-deſſus de leur
chapiteau une ſtatue pédeſtre, ſeulement élevée ſur
un ſocle.

( *a* ) *Obéliſque*, eſpéce de Pyramide quadrangu-
laire, élevée dans une place publique, un grand
chemin, un bois, &c. conſtruite en marbre ou en
pierre, pour ſervir de monument ; les Egyptiens
en ſont regardés comme les inventeurs : les principales Places de Rome en ſont encore décorées
aujourd'hui, & il n'en reſte qu'un en France, qui
eſt celui d'Arles. On ne fait gueres uſage chez nous
des Obéliſques ou Pyramides que dans la décoration des Tombeaux, des Catafalques, des Mauſo-
lées, &c. ou dans nos grandes routes & dans nos
forêts. François Blondel en a pourtant incruſté dans
l'ordonnance de la Porte Saint Denis, à Paris ; ce
qui a été condamné par quelques-uns, pluſieurs
eſtimant que cette décoration devoit être réſervée
aux monumens funéraires, ſuivant leur origine. Il
faut pourtant diſtinguer les Obéliſques des Pyramides, les uns étant d'une proportion beaucoup
plus élevée, & les autres ayant beaucoup plus de
baſe.

( *b* ) *Cirque*, lieu deſtiné chez les Grecs pour les
Jeux publics. Chez les Romains, c'étoit une grande
place où ſe faiſoit la courſe des chariots ; les plus magnifiques étoient le grand Cirque d'Auguſte, & ceux
de Flaminius, de Neron, &c.

tiques (*a*), ces bains (*b*), ces arcs
de triomphe (*c*), reftes mutilés de

(*a*) *Portique*, gallerie formée par des arcades
fans fermeture, telles que font à Paris celles de la
grande Cour des Invalides, du Luxembourg, de
l'Hôtel de Touloufe, &c. On appelle Portique en
colonnade celui qui a des colonnes diftribuées au-
devant des pieds droits, comme celui de la Cour
royale du Château de Vincennes, d'Ordre Dorique,
bâti par le Veau, felon un nouveau fyftême, pour
l'accouplement des Colonnes de cet Ordre.

(*b*) *Bains*, c'étoit chez les Anciens, un grand bâtiment compofé de cours, d'appartemens, de falles
de bains pour les perfonnes de l'un & l'autre fexe,
environnés d'étuves, de garde-robes, &c. Ces bâtimens publics manquent abfolument en France, où,
malgré le climat temperé, des édifices de cette ef-
péce contribueroient beaucoup à la commodité & à
la propreté des habitans. Je crois que la ville d'Aix
en Provence, eft la feule où l'on trouve des Bains
publics, nouvellement conftruits. Les plus magnifiques dont il refte quelques veftiges en Italie, font
ceux connus fous le nom de *Thermes de Diocletien*,
dont M. Defgodets nous a donné les mefures. A
Paris, on voit encore les reftes prefque ruinés des
Thermes, ou Bains de Jules Céfar, rue de la Harpe
près celle des Mathurins, dans une maifon appellée
la Croix de fer. Il y a auffi des reftes de Bains
anciens à Arles & à Nîmes.

(*c*) *Arc de triomphe*, monument magnifique
élevé à la gloire d'un Monarque, pour tranfmettre
à la poftérité la mémoire de fon triomphe. Ceux de
Titus, de Conftantin & de Septime Severe, font les

[ 38 ]

la grandeur Romaine, ne montrent-
ils pas encore, même au sein de la
France, la gloire de leurs Fonda-
teurs ? Ne s'enrichit-elle pas toujours
de leurs dépouilles ? N'est - ce pas
pour admirer ces monumens anciens, & puiser dans ces modeles
le goût de la bonne Architecture,
que nos Artistes parcourent ces Provinces ?

C'étoit par ces magnifiques Bâti-

plus renommés de l'Italie. En France, on en trouve
un antique auprès de Saint Remi en Provence , qui
mériteroit d'être plus connu. A Paris, celui du
Trône élevé en modéle sur les Desseins de Claude
Perrault , étoit un ouvrage digne du siécle de Louis
XIV. ( Voyez en l'ordonnance dans le second Vo-
lume de l'*Architecture Françoise* , n°. 262. plan-
che première ). L'Architecture de ces monumens
doit être majestueuse & noble ; on doit faire entrer
dans leur composition une grande Porte en plein
ceintre, d'où leur vient le nom d'Arc. L'ordonnance en doit être ornée de Sculpture symbolique &
allégorique au motif qui les a fait ériger. On appelle
Portes triomphales, celles qui sont élevées à l'entrée
d'une grande Ville , telles qu'on voit à Paris la Porte
Saint Denis, par François Blondel ; la Porte Saint
Martin , par Bullet , &c. les proportions en sont
colossales & n'ont aucune relation avec les ordon-
nances des bâtimens destinés à l'habitation.

mens que la politique de Rome adou-
cissoit l'esprit des Nations vaincues;
les fêtes, les jeux, les dons qu'elle
prodiguoit à ces peuples subjugués,
leur faisoient aimer des maîtres qui
ramenoient l'abondance & les plaisirs
parmi eux; ainsi à leur exemple
les Ministres, les Princes jaloux de
leur autorité, ont cherché à embellir
les villes de leur domination, & à
donner de la commodité & du délas-
sement à leurs Citoyens.

Mais en vain des Ministres soigneux
de leur renommée, des Gouverneurs
zélés, des Magistrats intelligens s'ap-
pliqueroient à rendre à notre Art
son antique splendeur; ils se pique-
roient inutilement de faire élever
dans la Capitale & dans les Provinces, des monumens somptueux,
dignes d'éterniser le goût François &
le regne du meilleur des Rois, si
les merveilles qu'ils feroient éclorre
n'étoient appreciés que par un petit
nombre de Connoisseurs; si ceux qui,

C iiij

fans être chargés du poids fatigant
de l'adminiftration publique, mais
nés pour être amateurs des beaux Arts,
n'ont aucune notion de l'Architecture. On les regardera continuelle-
ment fans en fentir les beautés : on
aura fans ceffe fous les yeux des
Palais fuperbes, des Jardins (a) dé-
licieux, des Temples (b) magnifiques, fans les admirer. On n'en

(a) *Jardins.* Il en eft de plufieurs efpéces. On
appelle Jardins publics, ceux qui dans une grande
Ville fervent à la promenade des habitans, tels que
font à Paris ceux du Palais des Thuilleries, du Luxembourg, du Palais royal, le Jardin du Roi, &c.
Celui des Thuilleries eft un chef-d'œuvre de le Notre. On appelle Jardin de propreté celui qui dans une
maifon particuliere eft planté d'arbres, de fleurs,
de bofquets, de falle, de cabinet de verdure, &c.
tels que fe voyent à Paris celui de l'Hôtel de Touloufe, de la maifon de M. Roullier, & plufieurs
autres d'un deffein bien entendu & entretenu avec
foin. On appelle Jardin fleurifte, ce qui contient un
efpace particulier près du Jardin de propreté ; enfin
on appelle Jardin potager, légumier, verger, ceux
qui près d'un grand Jardin, font deftinés à contenir
des arbres fruitiers & des légumes à l'ufage de la vie.

(b) *Temples*; c'étoit chez les Payens le lieu
deftiné au culte de leurs fauffes Divinités ; chez
les Calviniftes le Temple eft appellé Prêche ; les

[41]

fçaura ni difcerner les défauts, ni eftimer la perfection. Tout Bâtiment fpacieux, tout Edifice coloffal attirera également ou l'indifférence, ou l'étonnement. Que les proportions & la fymétrie (*a*) foient obfervées dans ces Edifices ; que leur difpofition (*b*) foit agréable,

Juifs appellent le leur *Sinagogue* ; chez nous, nos Eglifes font appellées en général le Temple du Seigneur, du latin *Templum*, dérivé du grec *Temnein*, *partager*, parce qu'un Temple eft féparé & diftingué de tout autre lieu ; bienféance qu'on n'obferve pas affez fcrupuleufement à l'égard de nos Eglifes.

(*a*) *Symétrie*. On entend par ce nom le rapport de parité des hauteurs, largeurs & longueurs d'un bâtiment, d'une façade, d'une piéce, &c. C'eft la partie la plus néceffaire dans l'art de bâtir : les bâtimens les plus fimples n'ont droit de plaire que par le fecours de la fymétrie ; elle eft indifpenfable dans les édifices d'importance, auffi bien que dans tous les ouvrages de l'art ; le pittorefque, la difparité, & le contrafte ne pouvant avoir lieu que dans les chofes de goût & autres productions inftantanées.

(*b*) *Difpofition*, terme qui fignifie l'arrangement des parties d'un édifice, par rapport au tout enfemble. On dit qu'un bâtiment eft bien difpofé, lorfque la grandeur du principal corps de logis eft en rapport avec les aîles, que les avant-corps font en

leur ordonnance (*a*) foumife aux règles de la bienféance (*b*); à l'exception
d'une expofition (*c*) avantageufe &

relation avec les arrieres-corps, que les hauteurs des
uns & des autres font proportionnées avec la faillie,
que l'efpace des cours répond à l'importance du
bâtiment, que les formes en font gracieufes & va-
riées, fans contrafte ; enfin c'eft par une heureufe
difpofition qu'un Edifice au premier afpect s'attire
l'attention des fpectateurs, & que l'on conçoit une
idée avantageufe des productions d'un Architecte.

( *a* ) *Ordonnance* On entend autant par ce terme
la compofition d'un bâtiment, que la difpofition de fes parties. On appelle auffi Ordonnance,
l'application des Ordres dans la décoration des façades, ou feulement les proportions, le caractere, ou
l'expreffion de chacun d'eux, lorfque l'économie,
ou quelqu'autre confidération particuliere ne peut
permettre les Colonnes ou les Pilaftres. On dit cette
Ordonnance eft ruftique, folide ou élégante, lorfque les principaux membres qui compofent fa décoration font imités des Ordres Tofcan, Dorique,
Corinthien, &c.

( *b* ) *Bienséance*, terme qui défigne, felon Vitruve, la retenue qu'on doit garder dans chaque genre
d'édifice, rélativement à la dignité des perfonnes
pour qui l'on bâtit. La bienféance embraffe auffi le
choix des ornemens, & l'application des fymboles
& des allégories, qui doivent être analogues à l'ufage
des Edifices facrés, des Places publiques, des Palais
des Rois, &c.

( *c* ) *Expofition*, partie la plus intéreffante d'un
bâtiment. C'eft elle qui détermine la forme d'un

d'une diftribution (*a*) commode, tout paroîtra de même prix. Comment des Hommes, d'ailleurs bien nés, feroient-ils en état, fans les connoiffances que nous exigeons, de voyager avec fruit ? ne fe promenent-ils pas dans nos plus beaux Palais, ainfi que le vulgaire ? nos Edifices fixent-ils leurs regards ? au Spectacle même, ne font-ils pas

plan, & qui dans fa diftribution fait préférer les corps de logis & les aîles doubles, ou fimples, ou femi-doubles, afin d'avoir des appartemens d'été & d'hyver, felon que l'édifice fe trouve élevé à la campagne ou dans la Capitale. Les Châteaux de Meudon, de S. Germain-en-Laye, celui de Montmorenci, &c. font d'une expofition très-avantageufe. La plûpart de nos bâtimens fur le bord de la riviere, font aufli d'une expofition très-agréable ; de ce nombre font les Hôtels de Belifle & de Laffey, le Palais Bourbon, l'Hôtel Lambert dans l'*Ifle S. Louis*, &c.

( *a* ) *Diftribution.* On entend par ce terme la divifion des piéces qui compofent le plan d'un bâtiment, & dont la fituation dépend des differens ufages des appartemens de parade, de fociété & de commodité. La Diftribution eft une des parties de l'Architecture, par laquelle nos Architectes François fe font fait une très-grande réputation, ayant, pour ainfi dire, créé depuis environ 30 ans, un nouvel Art de cette partie du bâtiment. Voyez ce que nous ayons dit à ce fujet note (*a*) pag. 21.

# [ 44 ]

frappés comme la multitude, d'une
décoration (*a*) d'un goût frivole, fans

( *a* ) Par Décoration théâtrale, on entend la re-
préfentation du lieu où fe paffe la fcène ; telle qu'un
Temple, une Place publique, un Palais, un Salon,
une Forêt, un Jardin , &c.

La Décoration, rélativement à l'Architecture, eft
la partie qui annonce le plus vifiblement la capacité
d'un Architecte , & qui exige le plus la connoiffance
de la théorie de fon Art. C'eft par la Décoration que
l'on diftingue d'une maniere convenable la demeure
des Souverains d'avec celle des particuliers,& que l'on
donne aux Monumens facrés, aux Edifices publics
& autres ouvrages d'importance, ce caractere de
richeffe & impofant, qui décide le goût dominant
d'une Nation pour l'art de bâtir. Comme la décoration des Edifices eft abfolument étrangere à la
commodité & à la folidité, & qu'elle n'a pour objet
que l'agrément & la magnificence, il n'y a point de
doute que toutes fes parties ne doivent être médi-
tées & réglées fuivant les loix de la convenance, &
felon les principes les plus univerfellement approuvés. Les Ordres d'Architecture & leur ordonnance
doivent fervir de guide dans la coimpofition de tout
genre de décoration ; c'eft par leur application plus
ou moins fimple, ou plus ou moins compofée,
qu'on acquiert l'art de donner à chaque bâtiment
ce caractere ou cette expreffion ruftique, folide,
moyenne, délicate ou compofée, que préfente l'affemblage du tout & des parties des Ordres Tofcan,
Dorique, Ionique, Corinthien & Compofite, qui
nous ont été tranfmis par les Anciens, & fans la
connoiffance defquels il eft difficile de parvenir aux

[45]

choix & fans convenance (*a*) ? s'aper-
çoivent-ils que le Temple ou le Palais qu'elle repréſente , eſt peu digne
de la Divinité ou du Monarque qu'on
y révere ? juſqu'à leur habitation (*b*) ,

plus grands ſuccès. Le Château de Maiſons , le pé-
riſtile du Louvre , le Portail de S. Gervais, &c. n'ont
acquis tant de réputation en France , que par l'ordonnance & l'application des Ordres que leurs Architectes y ont employés avec autant de diſcrétion
que de théorie, & avec autant de goût que de lumiere.

On apppelle auſſi décoration l'embelliſſement de
nos appartemens , partie qui à la vérité exige moins
de ſéverité que les dehors , mais qui néanmoins n'a
jamais été traitée avec plus d'élégance qu'à préſent.
Voyez ce que nous rapportons à ce ſujet, note (*a*)
page 55.

(*a*) *Convenance.* La Convenance doit être regar-
dée comme la partie qui doit précéder toute opéra-
tion dans l'art de bâtir. Elle indique la bienſéance
qu'on doit obſerver dans toutes les eſpéces d'Edifices , leurs grandeurs , leurs formes , leurs ordon-
nances , leurs richeſſes & leur ſimplicité ; c'eſt elle
qui aſſigne les allégories , les attributs convenables
à chaque genre de bâtiment ; c'eſt elle qui régle la
dépenſe ou l'économie , qui détermine le choix des
matériaux , leur emploi , la qualité des matieres ;
enfin c'eſt par l'eſprit de la convenance, que ſous des
principes conſtans on parvient à donner des formes
diverſes à des bâtimens élevés pour la même fin,ſelon
le rang , la dignité ou l'opulence des propriétaires.

(*b*) *Habitation.* En Architecture, ce mot ſignifie

[ 46 ]

tout fe reffent de leur défaut d'intelligence à cet égard; ils n'ont pu fe
fouftraire à la charlatanerie d'Artifans mercenaires auxquels ils fe font
adreffés; & leur choix dépofe également contre l'ignorance de l'Architecte, & contre celle du propriétaire.

Après avoir fait fentir aux Perfonnes d'un certain rang les abus
qui réfultèroient de leur peu de lumieres dans l'Architecture, ne fe-
roit-ce pas ici le lieu de rappeller la
négligence de la plûpart de ceux qui
font leur profeffion de l'enfeigner?

un bâtiment deftiné pour la demeure des hommes,
& qui a pour objet la commodité des dedans, en
quoi confifte l'art de diftribuer un plan, tel qu'un
Palais, une maifon de plaifance, un bâtiment particulier, &c. Ce qu'on ne doit pas entendre d'un
Edifice facré, d'un Arc de triomphe, d'une Fontaine
publique, d'une Place, d'un Marché, &c.; de forte
que dans l'Architecture on diftingue les bâtimens
à l'ufage de la vie civile, propres à l'habitation,
ceux deftinés à la fûreté, tels que les Portes de
Ville, ou tout ouvrage militaire; ceux deftinés à
l'utilité, tels que les ponts, les grands chemins;
ceux deftinés à la magnificence, tels que les périfti-
les, les Colonades, les Obélifques, les Jardins
fpacieux, &c.

[47]

Ne pourroit-on pas rapporter pour la justification des premiers, que leur indifférence pour cet Art vient moins de leur part, que du peu d'empresse- ment & de soin que nos Maîtres ont montrés à en publier les avan- tages, à faire connoître l'utilité & l'étendue de ses principes, & à prou- ver qu'ils ne sont pas réservés aux seuls Artistes? Si, à l'imitation des Sçavans, nos Professeurs avoient ou- vert leur cabinet aux Curieux, qu'ils leur eussent expliqué les élémens de l'Architecture, communiqué leurs productions, présenté des modeles, qu'ils les eussent conduits dans les Bâtimens de reputation, qu'ils leur en eussent découvert les beautés & fait apercevoir les défauts, nous ne se- rions pas peut-être, dans l'obligation d'ouvrir aujourd'hui cette nouvelle carriere, pour en multiplier les con- noissances & tâcher de prévenir pour la suite une révolution pareille à celle dont toute l'Europe a ressenti les suites pendant plusieurs siecles (*a*); ce qui arrivera, sans doute, si le plus grand nombre des Hommes en place ne s'empresse à pénétrer la source du vrai beau, & à témoigner eux-mêmes un juste mépris pour tous les ouvrages qui, en s'éloignant des règles de l'Art, justifient le faux goût contre lequel nous réclamons ici.

Rendons s'il se peut, Messieurs, son éclat à cet Art; que la protection des Personnes du premier ordre, & leur amour pour le bien public instruisent les Nations les plus éloi-

(*a*) Il s'agit ici du genre d'Architecture Gothique & Arabe, qui a prévalu pendant plusieurs siécles sur celui de l'antique; quoique les Edifices Arabes & Goths fussent soumis aux loix de la solidité, ils étoient plus étonnans que beaux, plus imposans qu'estimables, plus hardis que vraisemblables. La pesanteur des premiers est presque toujours aussi rebutante que la légéreté des autres est contraire à la bienséance & à l'application qu'en ont fait les Architectes de ces tems, déja assez reculés; sans parler ici de l'abus des ornemens, du mauvais goût des profils & de la disparité des membres d'Architecture, dont l'une & l'autre étoit composée. Voyez ce que nous avons déja dit note (*a*) p. 18.

gnées;

[49]

gnées ; qu'à l'exemple des siecles
d'Augufte & de Louis le Grand, nos
Miniftres, nos Prélats, nos Magiftrats ne dédaignent (*a*) pas de don-

(*a*) Si nous avons publié avec éloge le fuccès des
Arts fous le régne de Louis XIV, oublierons-nous
de parler ici des monumens qui s'élevent de nos
jours par la protection que Sa Majefté accorde aux
beaux Arts, & dans l'intention de procurer un plus
grand avantage à fes fujets ; fous la direction générale d'un Chef qui fçait entreprendre, encourager
& récompenfer, lorfqu'il s'agit d'illuftrer & de
perpétuer l'émulation de nos Artiftes ?

En effet, que ne devons-nous pas efpérer des
progrès de l'Architecture, fur tant d'édifices, ou
exécutés, ou commencés ou projettés ?

Tout Citoyen n'eft-il pas flaté de voir conftruire
un fuperbe Edifice pour l'éducation de la jeune
Nobleffe dans l'Ecole militaire ? quelle idée ne fe
fait-on pas du projet de la Place que l'amour du
peuple fe propofe de confacrer au Roi ? quelle im-
patience nos habitans ne montrent-ils pas de voir
bientôt décorer cette Capitale d'un Hôtel de Ville
digne de la Nation Françoife ? quel bien plus réel
ne doit pas produire l'entiere perfection des bâtimens immenfes des Quinze-vingt & des Enfans-
Trouvés, qui procurent des afyles à l'infortune &
des fujets d'admiration aux Etrangers ? avec quelle
magnificence n'embellit-on pas l'intérieur de nos
Temples ? Puis-je obmettre l'édification de la Pa-
roiffe de S. Louis à Verfailles, l'Abbaye de Panthe-
mont à Paris, Saint Louis du Louvre, les Portails
de l'Oratoire, de S. Roch, de S. Sulpice, de Saint

D

[ 50 ]

ner quelques inſtans de leur loiſir
à l'étude de l'Architecture, qui con-

Euſtaché , &c. ? Combien de belles maiſons ne s'élevent pas dans cette grande Ville & dans ſes environs ? on y voit l'élégance & la commodité ſurpaſ-
ſer ce que nous avons de plus accompli en ce genre
dans les Edifices qui nous ont précedés.

Vit-on jamais dans nos Maiſons royales les en-
tretiens , les reſtaurations & les embelliſſemens
pouſſés à un auſſi haut point de perfection ? que
pourrions-nous dire qui ne fût avoué de toute l'Europe, au ſujet des grands chemins qui s'exécutent de
nos jours ? avec quelle dépenſe n'éleve-t-on pas le
Pont d'Orléans ? quels ſuccès ne doit-on pas attendre de ceux de Moulins , de Triport , de Mantes ,
que l'on va conſtruire , de ceux de Pont Sainte
Maxence, de Saumur , de Tours, &c. dont les projets
utiles , la diſpoſition & la magnificence annoncent
la vigilance du miniſtere pour le bien public , &
la capacité des Ingénieurs habiles qui ſont à la tête
de ces vaſtes entrepriſes ?

Enfin que pourrions-nous dire de plus frappant à
l'honneur de notre ſiécle , ſi nous oſions entreprendre la deſcription des édifices dans tous les genres
que voit éclore la Capitale de la Lorraine , ſous la
domination d'un Prince qui ne dédaigne pas de
préſider lui-même aux monumens ſompeueux qu'il
fait élever , ſoit pour la majeſté dûe à ſon rang ,
ſoit pour les bâtimens utiles aux peuples qu'il gouverne , & qui par des récompenſes toujours royales
ſçait s'attacher des Artiſtes de mérite , former des
établiſſemens , protéger les Académies & contribuer ſans ceſſe au bien public , aux progrès des Arts ,
& à la gloire d'une Province qui ſe reſſentira à jamais
de ſes bienfaits, de ſa grandeur & de ſa magnificence?

[ 51 ]

court plus que toute autre à faire fleurir l'Etat & la Patrie ; qui met feule
en mouvement toutes les autres fciences, & tous les genres de talens, ou
du moins qui, dans fon origine &
fes progrès même, a donné lieu à
plufieurs grandes découvertes ( *a* ).

Or la premiere connoiffance néceffaire aux Hommes d'un ordre fu-
périeur, eft celle des Mathématiques,
du moins jufqu'à un certain degré ;
cette fcience développe le génie,
donne à l'efprit de la jufteffe, & le
rend conféquent : elle eft en un mot
la bafe de tous les Arts, qui ont avec

( *a* ) Perfonne n'ignore que la néceffité de fe loger
commodément, d'élever des Temples à la Divinité,
des demeures aux Princes, des Places publiques aux
peuples, a excité les Sçavans à faire des découvertes
dans la méchanique, pour faciliter le tranfport, l'é-
lévation & l'accélération des édifices ; dans l'hydraulique, pour procurer l'écoulement des eaux &
l'embelliffement de nos maifons de plaifance ; que
c'eft enfin par la multiplicité de ces differens genres
de bâtiment, que la Sculpture, la Peinture & les
autres Arts ont pris faveur, en contribuant à la décoration des plus fuperbes monumens, fans l'édification defquels les découvertes des Sciences & la
perfection des Arts auroient été inutiles ou de peu
d'importance.                          D ij

## [ 52 ]

elle une relation intime. L'étude du
deſſein doit ſuccéder à celle-ci ; ſans
cet exercice, toutes les productions
de l'art ſont en pure perte ; les plus
célebres ouvrages de nos Peintres, de
nos Sculpteurs anciens & modernes,
nos recueils (a), fruits de tant de

( a ) Quelle obligation les Arts n'ont-ils pas à
pluſieurs de nos Citoyens du premier ordre, qui,
par le goût qui leur eſt naturel, & pour ſe délaſſer
du poids fatigant de leurs affaires, ne dédaignent pas
de s'appliquer à nous tranſmettre par le miniſtere
de la gravûre les ouvrages des grands Maîtres, à
raſſembler dans leur demeure les chefs-d'œuvres
des Ecoles des Peintres les plus célébres, à contribuer par leur exemple à faire naître chez nos con-
temporains la paſſion des Arts ; en un mot, qui par
leur urbanité & leur bienveillance déterminent,
encouragent & excitent nos Artiſtes à marcher à
grands pas dans la carriere de l'immortalité ?
Nous feroit-il permis de citer ici Mgr. le Duc
d'Orléans, M. le Duc *de Tallard*, M. le Duc *de
Chaulnes*, & pluſieurs autres perſonnes illuſtres,
dont les cabinets nous ſont ouverts avec complai-
ſance, ſans oublier les collections conſidérables de
Tableaux, de Deſſeins, de Bronze, & autres curio-
ſités d'un choix exquis, que renferment ceux de M.
le *Prince de Monaco*, de M. le *Marquis de Voyer*,
de M. le *Baron de Thiers*, de même que ceux de
MM. *de Jullienne*, *de Gagny*, *de la Boiſſiere*, & tant
d'autres connoiſſeurs, qui par l'amour qu'ils por-

[53]

fiecles, deviennent indifférens à qui
manque du goût que l'on ne peut ni
acquerir ni rendre folide fans l'exercice du deffein.

L'étude des Mathématiques & celle
du Deffein conduifent infaillible-
ment à la fpéculation de l'Architecture, dont il eft effentiel de pénétrer les principes généraux ; principes qui enfeignent à juger de l'ordonnance de nos bâtimens, à appli-

tent aux beaux Arts, font parvenus à réunir dans
cette Capitale ce que des Nations entieres dans des
fiécles moins heureux n'auroient pû recueillir ?

Enfin que ne devons-nous pas à M. le *Comte de
Caylus*, M. *Vatelet*, M. *Hulft*, amateurs nés des
Arts, qui par leurs confeils, leurs importans avis,
leurs foins infatigables pour le bien de la fociété,
non contens de s'intéreffer à tout ce qui contribue
à l'embelliffement de l'intérieur de la Capitale,
étendent leur attention & leurs lumieres jufques
dans les Provinces les plus éloignées, & ne la refu-
fent pas même aux Nations étrangeres ?

Que de tels exemples, quand on y réflechit, font
capables de foutenir & d'augmenter le fuccès des
Arts en France ! auffi eft-on obligé de convenir que
la plûpart font pouffés au plus haut point de perfection. L'Architecture fera-t-elle donc la feule qui,
faute d'amateurs d'un mérite diftingué, reftera dans
l'oubli, après avoir produit tant de merveilles ?

D iij

quer à nos propres besoins une distribution commode , à procurer de
l'agrément à nos demeures , & à
discerner la convenance qui est propre à chaque genre d'édifice sacré ,
public ou particulier.

Si nous n'avons paru souhaiter que
des connoissances élémentaires des
Arts dans les Personnes qui, par leur
naissance ou la dignité de leurs emplois, se contentent du titre de connoisseurs ou d'amateurs , quelle étude & quelle expérience ne doit - on
pas exiger des Hommes qui par
état veulent faire leur profession de
l'Architecture ? Dépositaire de la confiance publique , & chef du bâtiment,
un Architecte en fait mouvoir tous
les ressorts ; lui seroit-il possible d'ob-
tenir les suffrages de ses concitoyens,
& d'acquérir quelque réputation chez
l'étranger , s'il n'avoit que des idées
superficielles des principes de son Art ?
Non, sans doute, nous l'avons déja
dit dans nos Cours précédens ; mais

[55]

il eſt indiſpenſable de le répéter ici ;
un bon Architecte n'eſt point un
homme ordinaire, puiſqu'indépendamment des règles fondamentales
de ſon art, il eſt important qu'il ſoit
muni de la théorie de ceux qui y ont
relation, tels que les Mathématiques,
la Perſpective, la Sculpture (*a*), la
Peinture, l'art du Jardinage (*b*), la

(*a*) Nous entendons moins parler ici de la
Sculpture qui concerne les ſtatuaires, que de celle
qui régarde ceux qui font leur capital des ornemens
en bois, plâtre, pierre, marbre, bronze, &c. à
l'uſage de la décoration des appartemens, partie
des bâtimens pouſſée peut-être au plus haut point
de perfection : en effet, jamais l'élégance des formes, la beauté de l'exécution, la richeſſe des matieres ne furent employées avec autant de goût &
de variété, dégré de ſupériorité que nous devons de
nos jours à MM. *Pineau*, *Lange*, *Verbreck*, &c.
qui par leur expérience & leur capacité ont contribué à rendre nos demeures des ſéjours enchan-
tés, dignes de l'opulence de la plûpart de nos
Citoyens & de l'admiration des Nations non pré-
venues.

(*b*) Quoiqu'il ſemble que dans tous les tems
quelques Artiſtes ayent fait une profeſſion particuliere de l'art du Jardinage, ainſi que le célébre M.
*le Notre*, M. *Deſgot*, & pluſieurs autres qui ſe font
acquis une très-grande réputation dans cette partie,

D iiij

[56]

coupe des pierres, la Menuiſerie, la Charpenterie, &c. tout eſt de ſon reſſort. Il lui eſt également eſſentiel d'être homme de lettres, d'avoir reçu une éducation cultivée, & d'être d'une probité à toute épreuve ; Vitruve exigeoit même que nous euſſions des connoiſſances de la Philoſophie, de la Phyſique expérimentale, de la Médecine & de la Muſique. Qu'on juge donc par là de l'importance de cette profeſſion (*a*).

il eſt cependant certain qu'un Architecte habile ne doit pas négliger la connoiſſance de cette ſcience, & qu'à l'exemple d'Hardouin Manſard, de qui ſont les Jardins de Marly, il doit ſçavoir comprendre dans ſon projet général l'aſpect des dehors avec la diſpoſition de ſes bâtimens, ſeul moyen de concilier les régles de ſon Art avec les differentes ſujétions que lui preſcrit un terrein montagneux, à mi-côté ou de niveau, & plus ou moins aride & fertile en eaux ; de ſorte que des dedans de ſes édifices on jouiſſe d'un extérieur agréable ; & que des dehors, ces bâtimens ſemblent s'accorder avec les productions de la nature, que ſon Art aura ſçû faire plier à ces differens beſoins.

(*a*) *François Blondel, Claude Perrault, Charles Daviler,* & pluſieurs autres dans le dernier ſiécle. Meſſieurs *Boffrand, de Vigny, Briſeux,* &c. de

[57]

Mais s'il n'est pas absolument nécessaire pour être Architecte d'un certain mérite, de rassembler toutes ces
différentes parties dans un degré
également éminent, il est certain du
moins qu'on n'en doit pas ignorer
les inductions ; elles sont d'autant
plus faciles à acquerir, que les Académies, les Ecoles, les Leçons publiques n'ont jamais été si abondantes, & que la facilité de leur
accès doit concourir indispensable-
ment à former d'excellens Artistes.

En effet, vit-on jamais un siecle
plus propre à faire éclore le germe
des talens, un siecle où les secours
pour toutes sortes d'études soient plus
multipliés ? Y en eût-il jamais un si
grand nombre dans Athenes, dans

---

nos jours ont montré dans plus d'une occasion l'é-
tendue de leur expérience dans la bâtisse, leur
amour pour les Sciences, leur goût pour les beaux
Arts & leurs connoissances dans les belles Lettres,
& peuvent sans contredit être cités pour servir de
modéles à ceux qui voudront à l'avenir faire leur
profession de l'Architecture.

Rome, lors même de leur plus écla-
tante prospérité ? L'Hiftoire Naturelle, la Phyfique, la Chymie,
la Médecine, l'Aftronomie, les
Mathématiques, l'art de la Guerre,
la Mufique, la Géographie, enfin
l'Architecture, la Peinture & la
Sculpture ont des temples ouverts
pour l'inftruction des Citoyens & des
Etrangers ( *a* ).

( *a* ) Nous avons nommé dans la premiere de ces
notes les principaux Cours publics qui fe donnent à
Paris ; nous allons parler ici de nos Académies fuivant l'ordre de leurs créations, ainfi que des jours
de leurs Affemblées publiques ; nous citerons les
Maifons royales, qui renferment differens genres
de productions relatifs à l'étude, & qui fe voyent
publiquement pour la plûpart ; nous finirons par
nos plus belles maifons de plaifance, nos principaux monumens & quelques édifices particuliers,
dont l'examen ne peut que contribuer à inftruire
nos éleves, exciter la curiofité des amateurs, &
produire la plus grande admiration aux étrangers.

### Académies Royales.

L'*Académie Françoife*, inftituée en 1635, tient
fes Affemblées publiques lors de la réception de fes
Académiciens & tous les ans le jour de la S. Louis.

L'*Académie de Peinture & de Sculpture*, inftituée
en 1648, tient fes Affemblées le premier & le dernier Samedi de chaque mois : quoiqu'elle ne foit

[59]

# Il est donc aisé par ces secours de

pas censée publique, lorsque quelqu'Académicien
y prononce un discours, qui tend ordinairement à
la perfection & aux progrès des Arts, les honnêtes
gens y trouvent un libre accès.

En général cette Académie a pour base l'école du
modéle qui se tient tous les jours après-midi, & où
de jeunes éleves ausquels on a trouvé des talens pour
cette profession, sont reçus & enseignés par un des
Académiciens de cette illustre Compagnie ; l'on y
donne aussi publiquement une leçon de perspective
tous les Samedis.

L'*Académie des Inscriptions & Belles-Lettres*,
instituée en 1663, tient deux Assemblées publiques
tous les ans, l'une le lendemain de la Saint Martin,
l'autre après la quinzaine de Pâques.

L'*Académie des Sciences*, instituée en 1666,
tient aussi tous les ans deux Assemblées publiques,
l'une après la Saint Martin, & l'autre après Pâques,
mais à des jours differens de celle des Inscriptions.

L'*Académie d'Architecture*, instituée en 1671,
ne tient point d'Assemblée publique, mais deux de
ses Membres y donnent deux leçons ; l'une sur l'Architecture, tous les Lundis après-midi, & l'autre sur
les Mathématiques, tous les Mercredis au matin.
*Toutes ces Académies tiennent leurs Assemblées au*
*Louvre.*

L'*Académie de Chirurgie.* Quoiqu'il semble que
cette Académie soit étrangere aux Arts de goût, en
faveur néanmoins de l'utilité qu'elle peut procurer
aux Peintres, Sculpteurs, Dessinateurs, &c. qui
ont essentiellement besoin des leçons anatomiques
que l'on donne dans cette sçavante école, nous en
indiquons ici les jours publics.

s'élever au deſſus du vulgaire dans

Cet illuſtre Corps fut érigé en Académie en 1731. Il s'aſſemble régulierement deux fois la Semaine les après-midi, & fait donner dans ſon amphithéâtre les Lundis, Mardis & Vendredis des leçons publiques, tendant à perfectionner la connoiſſance du corps humain, auſſi bien que la pratique de la Chirurgie, principalement par *expérience* & par *obſervation. Cette Académie tient ſes Aſſemblées rue des Cordeliers.*

*Enumération des Maiſons royales, qui contiennent les differentes collections dont la connoiſſance & l'étude ſont utiles aux Artiſtes.*

La *Bibliothéque du Roi*, édifice très-ſpacieux, & qui contient 1°. environ 150000 volumes imprimés & 40000 volumes manuſcrits, ſous la direction du grand Bibliothéquaire, M. *Bignon*, Conſeiller d'Etat, &c. & ſous la garde de M. l'Abbé *Salier*, de l'Académie Françoiſe, & de M. *Mellot*, de l'Académie des Inſcriptions & Belles-Lettres : 2°. un cabinet d'Eſtampes, compoſé d'environ 4000 volumes, ſous la garde de M. l'*Abbé Joly*; 3°. un cabinet des Médailles, l'un des plus conſidérables & des plus complets qui ſoit en Europe, ſous la garde de M. l'Abbé *Barthelemy*; 4°. un cabinet des Antiques, renfermant un grand nombre de figures, de buſtes, de vaſes, d'inſtrumens & autres monumens de cette eſpéce, raſſemblés avec autant de ſoin que de goût, auſſi ſous la garde de M. l'Abbé *Barthelemy. Cet édifice eſt ſitué rue de Richelieu.*

La *Sale des Antiques*, dans laquelle eſt raſſemblée la plus grande partie des reſtes précieux que chaque genre de talent, puifque tant

nous poffedons en France, des plus célébres Sculpteurs de la Grece & de l'Italie, foit en ftatues de marbre, bas-reliefs, rondes-boffes, moules creux, &c. fous la direction de M. *de Foncemagne*, de l'Académie Françoife & des Infcriptions.

La *Salle de la Marine*, contenant les plus beaux modéles des bâtimens à l'ufage de la navigation, exécutés avec beaucoup de fuccès, de foins & de détails, fous la direction de M. *Duhamel*, de l'Académie des Sciences, Infpecteur général de la Marine. *Ces deux Salles font fituées au Louvre.*

La *Salle des Fortifications*, connue fous le nom de Gallerie des Plans du Roi, dans laquelle font contenus les plans des Places fortifiées du Royaume, exécutés avec une dépenfe véritablement royale, & avec autant de précifion que d'intelligence, fous la garde de M. *de Mazin*, Ingénieur du Roi.

Le *Cabinet des Deffeins* de Sa Majefté, contenant une collection très-confidérable des Deffeins des grands Maîtres anciens & modernes, fous la garde de M. *Cochin fils*, Membre de l'Académie royale de Peinture.

A propos de ce Cabinet, nous citons celui de M. *Jean Mariette*, Honoraire de l'Académie royale de Peinture. Ce Cabinet mérite à plufieurs égards l'attention des connoiffeurs.

La *Monnoye des Médailles*, où fe fabriquent les médailles, jettons & autres ouvrages de ce genre, & dans l'une des piéces de laquelle fe voyent les quarrés & poinçons qui ont fervi à frapper les fuites des Médailles de Louis XIV, celles des Rois de France depuis Pharamond jufqu'à préfent, &c. fous la direction de M. *de Cote*, Intendant & Contrôleur des

de moyens nous font offerts ; mais

Bâtimens du Roi. *Ces trois genres de curiofités ſe voyent aux Galleries du Louvre.*

Le *Cabinet d'hiſtoire naturelle ;* dans lequel eſt raſſemblé avec beaucoup d'ordre & de magnificence une collection conſidérable de quadrupedes & d'oiſeaux de différentes eſpéces ; de foſſiles , d'inſectes , de poiſſons , de graines & de plantes , à l'uſage des Arts & de la Médecine , auſſi bien que des modéles de divers genres de machines , ſous l'intendance de M. de Buffon , & la garde de M. *Daubenton ,* de l'Académie des Sciences. *Ce Cabinet ſe voit au Jardin du Roi.*

Nous nommerons ici en paſſant le Cabinet de M. *de Réaumur* , le plus riche & le plus complet qu'ait peut-être jamais eu en Europe aucun particulier , pour l'hiſtoire naturelle , *rue de la Roquete , Fauxbourg S. Antoine ;* celui de M. *d'Ons-en-Bray ,* pour la méchanique , à *Bercy ;* & que l'on va rendre public au Louvre.

Le *Cabinet des Tableaux du Roi ,* dans lequel eſt raſſemblée une partie des ouvrages des grands Maîtres , anciens & modernes , ſous la garde de M. *Bailly ,* Peintre de Sa Majeſté , au *Palais du Luxembourg.* Voyez les autres Cabinets de Tableaux qui ſont à Paris , & que nous avons cité note (a) p. 52.

L'*Arſenal ,* dans une des grandes Salles duquel ſe voyent les armures & les inſtrumens militaires , depuis l'origine des Gaules juſqu'à préſent ; curioſité qui intéreſſe les Peintres , Sculpteurs & Deſſinateurs , *Quai des Céleſtins.*

Enfin à tant de merveilles nous ajoûterons les Atteliers de nos habiles Sculpteurs & de nos grands Peintres , comme autant de dépôts des merveilles

# il faut pour y réussir que l'effet de

de notre siécle, où l'on peut puiser par l'examen de leurs ouvrages & l'entretien de ces célébres Artistes, les connoissances les plus utiles à la perfection des talens dans tous les genres.

*Principales Maisons de plaisance, dans les-
quelles on peut acquérir diverses connoissances
nécessaires aux Architectes & aux Artistes.*

Le *Château de Versailles*, à beaucoup d'égards, principalement pour la distribution & l'embellissement de ses Jardins, aussi bien que pour les bâtimens des Ecuries & de l'Orangerie; autant de chef-d'œuvres *de le Notre* & *de Jules-Hardouin Mansard.*

Le *Château de Marly*, pour la disposition générale & l'élégance des formes des Jardins, exécutés sur les Desseins de *Jules-Hardouin Mansard.*

Le *Château de Maisons*, pour la justesse des proportions de l'Architecture, le choix des ornemens & la sévérité des regles, exécuté sur les Desseins de *François Mansard.*

Le *Château de Clagny*, pour la belle disposition de son plan & le choix des formes de ses élévations, bâti sur les Desseins de *Jules-Hardouin Mansard.*

Les *Châteaux de Sceaux* & *de Chantilly*, pour l'agrément de leurs Jardins. Ceux de *Meudon*, de *Saint Germain-en-Laye*, de *Bellevue*, &c. pour la variété de leurs aspects & la diversité de leur exposition, plantés sur les Desseins de *le Notre*. Le dernier sur les Desseins de M. *Dille.*

Le *Château de Saint Cloud*, pour son escalier, pour la beauté & la magnificence du Salon & de sa Gallerie, peinte par *Mignard*. Le Château a été bâti,

ces fecours foit préparé par d'heu-

pour la plus grande partie, par *Jules-Hardouin Manfard*.

Le *Château de Choifi*, pour l'expofition & la fimplicité de fes anciens Jardins, & les nouvelles cours & avant-cours que l'on vient d'y ajoûter fur les Deffeins de M. *Gabriel*, premier Architecte du Roi.

Le *Château de Vincennes*, par le portique Dorique de la Cour royale, fuivant un nouveau fyftême, concernant l'accouplement de cet ordre, bâti fur les Deffeins de *Le Veau*.

Le *Château de Fontainebleau*, par fa fituation finguliere, les peintures du *Primatice*, la falle de Spectacles, & le parterre du Tibre, une des belles chofes qui ait jamais été faite, par *le Notre*.

Le *Château de Livry*, pour fon falon à l'Italienne, du Deffein de *Le Veau*.

*Principaux Edifices élevés dans cette Capitale, confidérés par l'idée que donne leur afpect.*

Le *Périftile du Louvre*, pour la belle ordonnance de l'Architecture, bâti fur les Deffeins de *Claude Perraut*.

L'*intérieur de la Cour du Louvre*, pour la beauté des détails, bâti fur les Deffeins de l'Abbé *de Clagny*.

Le *Palais du Luxembourg*, pour fon genre ruftique, bâti par *Jacques de Broffes*.

Le *Palais des Thuilleries*, pour l'étendue, par *Philbert Delorme*, & la beauté de fes Jardins, par *le Notre*.

Le *Palais Royal*, pour la magnificence & l'im-

reufes

quel écueil au contraire né tombe-
ront pas tous les jours ceux qui n'auront que l'ignorance en partage,
fuite ordinaire de la pareffe & de
l'avarice ? Suppofons même à ces
hommes une longue expérience, de
la probité ; qu'eft-ce qu'un Maître
Maçon, un Charpentier, un Menui-
fier, un Serrurier, qui chargés d'affez grandes entreprifes, ignorent ces
premiers élémens, & qui fe trouvent
tous les jours livrés à des Artifans
encore moins inftruits qu'eux ? Si
par hazard, parmi ces praticiens,
il s'en trouve quelqu'un qui ait du
crédit, quel dégré de réputation les
foibles connoiffances que nous en
exigeons, n'euffent-elles pas ajouté
à leurs travaux ? Enfin, quelle dif-
tinction ne s'attirent pas à Paris les
Entrepreneurs qui ont pouffé leurs
études beaucoup au-delà, & dont les
lumieres, la vigilance & l'équité ont
procuré à quelques-uns de nos bâtimens la perfection qu'on y remarque

F

aujourd'hui ? c'eſt l'exemple de ces hommes habiles ( a ) que nous propoſons ; c'eſt ſur leurs ſuccès que nous recommandons les études qu'ils ont faites, à ceux qui entrent dans la même carriere ; ſans ces préliminaires, tels que leurs ancêtres, ils reſteront toujours placés au dernier rang, & contribueront volontairement à peupler la Capitale d'hommes ineptes, dont le grand nombre eſt toujours un fleau pour les Arts & la Société.

Tel eſt, Meſſieurs, le projet que nous avons formé, pour vous donner des marques ſinceres de notre zéle, pour nous acquitter de l'obligation que nous nous ſommes impoſée de veiller utilement au progrès des Arts, afin d'éloigner s'il eſt poſſible, par la connoiſſance des meilleurs

( a ) Les Sieurs *Caquet*, *Richard*, *Gueſnon*, *Trouard*, *Deſtriches*, *Polvert* & pluſieurs autres, ſont autant d'Entrepreneurs habiles auſquels la maçonnerie, la charpenterie, la menuiſerie, la marbrerie, la ſerrurerie & la dorure doivent leur plus grande perfection.

Auteurs (*a*), & l'exemple des plus

(*a*) Après avoir donné dans ces notes differens moyens de parvenir aux connoissances de l'Architecture, & avoir recommandé la lecture des Auteurs les plus approuvés sur cet Art, nous allons annoncer ceux dont l'étude est indispensable aux personnes qui se vouent à la profession de l'Architecture & des Arts qui lui sont relatifs. Leurs ouvrages se trouvent pour la plûpart dans nos Bibliothèques publiques, dont nous avons fait mention dans la note (page 60.) ou enfin chez Charles-Antoine Jombert, rue Dauphine à Paris.

### *Livres anciens.*

Les dix livres d'*Architecture de Vitruve*, traduits en françois & commentés par *Claude Perrault*, édition de 1684, *in-fol.* ouvrage *très-profond*, dont le texte composé sous le *régne d'Auguste* & les commentaires sous celui de *Louis XIV*, font également honneur à l'un & à l'autre siécle.

Le *Cours d'Architecture* de *François Blondel*, édition de 1698, divisé en cinq parties, est certainement un des plus utiles & des meilleurs ouvrages qui ayent été écrits sur cet Art.

*Parallele de l'Architecture antique & de la moderne*, de M. *de Chambray*, édition de 1702; ouvrage excellent pour acquérir les connoissances des Ordres d'Architecture & des differentes opinions des Auteurs anciens & modernes qui ont commenté *Vitruve* avant *Perrault*, tels que *Palladio*, *Vignoles*, *Scamozzi*, *Serlio*, *Bulant*, *Philibert de Lorme*, *Cataneo*, *Barbaro*, *Viola* & *Alberti*.

*Ordonnance des cinq espéces de Colonnes, selon la*

F ij

célébres monumens, la frivolité qui paroît l'emporter fur les beautés mâles & fimples de l'Architecture confide-

méthode des Anciens, par M. Perrault, imprimé à Paris en 1683. in-fol. ouvrage moins eftimé que fes commentaires fur Vitruve, mais dont le fyftême mérite attention.

Traité d'Architecture de Léon-Baptifte Alberty, édition de Hollande, ouvrage trop peu connu, mais dont l'étude eft indifpenfable à un Architecte.

Architecture d'André Palladio, édition de Hollande de 1726, en deux volumes in-fol. un des plus grands Architectes de fon tems, & le plus univerfellement fuivi en Italie.

Régles des cinq Ordres d'Architecture, par Jacques Barozzio de Vignoles, commentées & confidérablement augmentées par Auguftin - Charles d'Aviler, encore augmentées par J. le Blond, & par Jacques-François Blondel, pour ce qui regarde les planches, & par J. Mariette, qui nous l'a donné grand in-4°. en 1750.

Traité d'Architecture de Philibert de Lorme, in-fol. édition de 1561, intéreffant pour fa maniere de bâtir à petit frais, & fes développemens fur la charpenterie.

Œuvres d'Architecture, de Vincent Scamozzi, in-fol. édition d'Hollande en 1736; ouvrage eftimé pour plus d'une découverte fur l'Architecture principalement fur le chapiteau Ionique.

Les Edifices antiques de Rome, levés & deffinés par ordre du Roi par M. Defgodets, in-fol. Livre extrêmement rare & très-recherché pour la précifion des mefures des Edifices antiques.

rée dans les beaux jours, & de prévenir une révolution, peut-être
trop prochaine, & semblable à celle

L'*Architecture de Fontana*, première édition ;
ouvrage excellent, contenant les principaux monumens de l'Italie.

L'*Architecture historique de Fischer*, *in-fol.* imprimé à Leipsic ; ouvrage estimé pour la collection
des plus célèbres monumens de l'Egypte, de la Grece
& de l'Italie.

L'*Architecture de Bibiane*, pour le goût des
ornemens propres à l'Architecture en général, &
en particulier à la décoration des Théâtres.

La *Perspective des Peintres & des Architectes*, par
le *P. Pozzo*, Jésuite, en deux volumes *in-fol.* imprimé à Rome en 1723. Ouvrage excellent pour la
perspective, relativement à la décoration des Théâtres & aux besoins des Dessinateurs, des Peintres &
des Architectes.

Le *Vitruve Britannique*, imprimé à Londres ;
ouvrage fort estimé & qui donne les connoissances
des principaux monumens d'Angleterre.

*Traité d'Architecture d'Inigo-Jones*, un des plus
célèbres Architectes d'Angleterre : ouvrage trop peu
connu de nos Architectes François.

L'*Architecture des Voutes*, du R. P. *François De-
rand*, Jésuite, édition derniere de 1743. Ouvrage
utile pour la pratique du trait.

L'*Architecture d'Antoine le Pautre*, édition *in-fol.*
Ouvrage ingénieux & enrichi de dissertations rai-
sonnées, par *Aug. Ch. d'Aviler*.

### Livres Modernes.

La *Théorie du Jardinage*, édition de 1747. Ou-

qui donna naiſſance aux goûts arabes
& gothiques. Puiſſe le Monarque qui
nous gouverne , les Miniſtres qu'il

vrage excellent , les premieres figures par *Aléxan-
dre le Blond* , les dernieres & le diſcours par M.
*d'Argenville* , Maître des Comptes.

*Traité de l'Architecture de Sébaſtien le Clerc* ,
édition de 1714. Ouvrage excellent pour les élémens, trop peu eſtimé ſans doute , quoique très-
utile aux Architectes pour acquérir l'art de profiler
avec goût.

*Traité de Perſpective pratique, avec des remarques
ſur l'Architecture* , par M. *de Courtonne* , édition de
1725 , utile pour la perſpective pratique.

*L'Architecture moderne* , édition de 1728 , par M.
*Tiercelet* ; ouvrage aſſez utile pour les Praticiens.

*La Décoration des Edifices* , par *Jacques-François
Blondel* , édition de 1738. Ouvrage intéreſſant pour
l'ordonnance des façades & pour la partie des déve-
lopemens.

*L'Art de bâtir les Maiſons de campagne* , édition
de 1743 , par *C. E. Briſeux* ; ouvrage eſtimé pour
la partie qui concerne la diſtribution.

*Traité du beau eſſentiel dans les Arts* , appliqué
*particulierement à l'Architecture* , édition de 1752 ,
*par le même* ; ouvrage utile & où l'on eſſaye à prouver que les plus beaux édifices tirent la ſource de la
perfection des proportions harmoniques.

*Architecture de M. Cordemoy* , édition de 1714.
Ouvrage ſyſtématique , mais rempli d'une infinité
de réflexions judicieuſes.

*Traité de la coupe des pierres* , édition de 1728 ,
par *J. B. de la Rue* ; ouvrage utile pour la pratique
de l'art du trait.

honore de sa confiance, le Directeur
général de nos Bâtimens, applaudir à
notre entreprise & contribuer par

La *Théorie & la pratique de la coupe des pierres*,
par M. *Frezier*, édition de 1754, le seul ouvrage excellent pour la théorie de tous les genres de
voûtes.

*Traité de la coupe des bois*, édition de 1729, par
N. *Blanchard*; ouvrage utile pour la pratique de la
menuiserie, charpenterie, &c.

*Traité de Charpenterie & des bois de toute espéce*,
*avec un Tarif général des bois*. Ouvrage contenant
une infinité d'expériences curieuses, par M. *Me-*
*sanges*.

*Détails des ouvrages de Menuiserie pour les bâti-*
*mens, où l'on trouve le prix de chaque espéce d'ou-*
*vrage, avec le tarif du toisé*; par M. *Potain*. Ouvrage neuf & intéressant.

*Les Loix des bâtimens suivant la coutume de Paris*,
par M. *Desgodets*, commenté par M. *Goupy*, le
meilleur ouvrage qui ait paru en ce genre.

*Architecture Françoise*, ou *Recueil des principaux*
*Edifices élevés à Paris, dans ses environs & dans les*
*principales Provinces de France, avec des descriptions*
*historiques & analytiques*; par J. F. *Blondel*, 8 vol.
*in-fol*. dont deux au jour & deux prêts à paroître.
Ouvrage dont le but est la comparaison des bâtimens de même genre concernant nos édifices françois, n'ayant pû comprendre dans cette immense
collection les monumens des Anciens sans augmenter trop considérablement les planches, qui d'ailleurs se trouvent répandues dans d'autres Ouvrages
de réputation.

la beauté des monumens qu'ils feront ériger, à la proscription du mauvais goût qui semble s'établir dans la plupart de nos Bâtimens. Mais que dis-

*Essai sur l'Architecture*, par le R. P. *Laugier*, Jésuite ; ouvrage plein d'idées neuves & écrit avec sagacité.

*Examen de cet Ouvrage*, par MM. *de la Fond* & *Briseux*, utile par quantité d'observations intéressantes, quoiqu'un peu partiales.

*La Science des Ingénieurs*, par M. *Belidor*, *in*-4°. Ouvrage très-utile pour la conduite des travaux dans tous les genres de bâtimens ; édition de 1729.

*L'Architecture hydraulique, ou l'art de conduire, d'élever & ménager les eaux pour tous les besoins de la vie ;* par M. *Belidor*. Ouvrage nécessaire pour la construction des ouvrages maritimes & des édifices qu'on bâtit dans l'eau.

*Œuvres d'Estampes utiles aux Architectes & autres Artistes, qui font leur profession des ouvrages de goût.*

*Œuvres d'Architecture de J. le Pautre*, peut être le meilleur recueil que nous ayons pour fertiliser le génie des Artistes.

*Les délices de Paris & de ses environs*, édition récente, qui a pour objet de présenter en perspective la plus grande partie des monumens qui décorent cette Capitale & ses environs.

Les *Ruines de Palmire ;* ouvrage anglois curieux, intéressant & exact.

Les *Œuvres de J. B. Piranese*, remplies de

je ? les bienfaits d'un Prince si sage ,
& les lumieres de ses Ministres ne
sont-ils pas de sûrs garants que ce
ne sera point de leur temps que l'Architecture rentrera dans le cahos
dont les Richelieu & les Colbert,
l'avoient heureusement tirée sous le
regne de Louis le Grand ?

productions fertiles & abondantes, & d'une très-
belle exécution.

Les Œuvres de *Meyssonier*, la plûpart utiles à nos
Dessinateurs.

Les Œuvres de *Gilles Oppenor* , pour la plus
grande partie très-nécessaire aux Architectes.

On peut voir une grande collection des Desseins
originaux de ces deux derniers Artistes dans le cabinet de M. *Huquier* , dont l'affabilité à cet égard
est peut-être sans exemple ; *rue des Mathurins*.

Les Œuvres de *Labelle* , *Calot* , *le Clerc* , *Gilot* ,
*Chauveau* , *Sylveftre* , &c. tous hommes du premier
mérite, & dont en général les productions sont
autant de chef-d'œuvres d'une utilité indispensable
aux Architectes, Peintres, Sculpteurs, Graveurs,
Dessinateurs , Cizeleurs & autres Artistes, &
dont la communication leur est offerte avec com-
plaisance au Cabinet des Estampes de la Bibliothéque du Roi, par M. l'Abbé *Joly* dont nous
avons déja parlé.

NOus allons vous rendre compte, Meſſieurs, des différentes leçons qui compo-
ſeront les trois Cours que nous venons de
vous annoncer, principalement de celles
que nous avons eſtimé néceſſaires pour le
Cours, intitulé *élémentaire*.

A l'égard du Cours de *Théorie*, ſon étendue & les diſcuſſions dans leſquelles nous
nous propoſons d'entrer, ne nous permet-
tent pas d'en diſtribuer la matiere en un
certain nombre exact de parties ; mais nous
oſons vous aſſurer de notre application
à le porter à ſon plus haut point de perfection. Nous ne demandons pour y parvenir
que du zéle & de l'aſſiduité de la part des
perſonnes qui voudront bien nous ſuivre.

Nous dirons auſſi un mot de ce qui doit
former le Cours de *Pratique*.

# PRECIS

## *DES QUARANTE LEÇONS,*

## QUI COMPOSERONT

## LE COURS ÉLÉMENTAIRE.

*Préceptes généraux concernant la décoration des Edifices.*

fition, & de la manière d'en concevoir le projet général.

*Préceptes généraux concernant la diftribution
& la décoration des Jardins de propreté.*

ment, des différentes parties qui
les composent. Comparaison de
ceux qui sont les plus approuvés
chez nous , avec ceux qu'on
vante le plus chez les Etrangers.

X X I.     De la décoration des Jardins de
propreté , des bellevederes , des
grottes , des fontaines , des ter-
rasses , des piéces de verdure ;
enfin des Auteurs les plus célébres
qui ont écrit sur cette matiere.

*Préceptes généraux concernant la construc-
tion des Bâtimens.*

XXII.     De la Maçonnerie en général ,
de la pierre, du moëlon, du grès,
du marbre , de la brique , de la
chaux , du sable , du ciment ,
du mortier , &c.

XXIII.     De la maniere de planter un
Bâtiment , de la construction des
fondations sur le roc, le sable ,
la glaise , dans les lieux maréca-
geux , sur la terre ferme , &c.

XXIV.     De la construction des murs de
face, de refend & en terrasse, relativement aux différens matériaux dont on fait usage à Paris

& dans nos Provinces ; de la construction des voûtes, des légers ouvrages, &c.

XXV. De la Charpenterie en général, de la qualité des bois de charpente, de la construction des planchers, des pans de bois, des combles, des escaliers, &c.

XXVI. De la couverture, de la serrurerie, de la menuiserie, du pavé, de la vitrerie, de la plomberie, &c.

*Préceptes généraux sur la disposition & l'ordonnance des Edifices publics.*

XXVII. Définition des principaux Edifices, considérés relativement à la magnificence, à la sûreté & à l'utilité.

XXVIII. Des palais, des châteaux, des maisons de plaisance, des hôtels, de leurs dépendances, &c.

XXIX. Des arcs de triomphe, des places publiques, des théatres, des colonades, &c.

XXX. Des portes de ville, des arsenaux, des cazernes, des ports, des ponts, &c.

XXXI. Des Eglises, des hôtels de ville,

des fontaines, des hôpitaux, &c.

XXXII, Ces quatre leçons seront desti-
XXXIII, nées à l'application des prin-
XXXIV, cipes contenus dans les précé-
& XXXV. dentes : pour y parvenir on fera des comparaisons des Edifices de même genre, puisés dans les ouvrages les plus approuvés, & qui ont été élevés dans cette Capitale ou dans les environs, par nos plus célébres Architectes, tels que *Desbrosses*, *le Mercier*, *Mansard*, *Le Veau*, *Perrault*, &c.

Après ces leçons spéculatives qui seront accompagnées de démonstrations, de modéles, de citations & de l'examen des meilleurs livres sur l'Architecture, on finira ce Cours par cinq leçons, qui auront pour objet l'inspection des Edifices sur les lieux, afin d'y remarquer d'après l'exécution les beautés les plus approuvées, & les licences ou les médiocrités qu'il est bon d'éviter, dans le dessein d'apprendre à nos Eleves à juger avec discernement des principes du goût, des loix de la convenance, de la beauté des formes, de l'expression & du caractère qu'il convient de donner à chaque genre d'Edifices.

Ce Cours se fera très-exactement
tous

tous les Jeudis & Samedis de chaque semaine, depuis trois heures après midi
jusqu'à six, & se renouvellera sans inter-
ruption.

## PRECIS
### DU COURS DE THEORIE.

Ce cours sera donné sur le même plan
que le précédent, mais plus approfondi.
On supposera dans les personnes qui se destinent à le suivre, des mathématiques & du
dessein. On y dictera les leçons ; ceux qui y
assisteront, y démontreront tour à tour :
on y discutera les différens systèmes des
Auteurs anciens & modernes ; on entrera
dans l'analyse de chaque partie du Bâtiment ; on insistera sur l'art & la nécessité
de bien profiler, sur le choix, l'élégance
& la beauté des formes relatives à la distribution & à la décoration.

On le commencera par une exposition de
l'origine de l'Architecture, afin de donner
aux Artistes une idée distincte de son accrois-
sement, de ses révolutions & de son état pré-
sent. L'origine des autres Arts qui appartien-
nent à l'Architecture, y trouvera aussi sa
place.

Les leçons s'ouvriront par la distribution.

G

On appliquera les principes de cette partie
du Bâtiment à un Edifice de 60 toises
de face, destiné pour une maison de plaisance ; les figures seront relatives aux dissertations, qui seront composées de maniere
à épuiser en quelque sorte tout ce qui concerne les loix de la distribution en général.

A la distribution succéderont les règles
fondamentales de la décoration des dehors & des dedans. On continuera ce Cours
par la partie de la construction, dont on
approfondira jusqu'au moindre détail ; on
rappellera les loix des Anciens à cet égard,
les autorités des modernes, & on citera les
exemples des plus célébres Architectes.

Les différentes parties de ce Cours seront
entremêlées de leçons sur le terrein, afin
d'acquérir par dégrés l'expérience nécessaire,
& parvenir à la connoissance de l'excellent, du médiocre & du défectueux.

Ce Cours se fera très exactement tous
les Dimanches, sans aucune vacance ni
intervalle, depuis deux heures & demie
jusqu'à cinq heures & demie.

# PRECIS
## DU COURS DE PRATIQUE.

Tous les Dimanches matin, depuis dix

hèures jufqu'à midi, on expliquera la Géométrie pratique d'après les meilleurs Auteurs qui en ont traité. Les mêmes jours
depuis deux heures après midi jufqu'à fix
heures du foir, on enfeignera la maniere
de deffiner les Ordres d'Architecture, les
plans, élévations, coupes & développemens des Bâtimens ; on y traitera de l'ornement, à la portée des Menuifiers, Ser-
ruriers, Marbriers, Jardiniers, & des autres Ouvriers qui font leur profeffion des
Arts méchaniques, & qui tous ont befoin
de l'exercice du deffein, & de la pratique
de l'équerre, de la règle & du compas.

---

## APPROBATION.

J'AI lû par ordre de Monfeigneur le Chancelier
un Manufcrit intitulé *Difcours fur la néceffité de
l'étude de l'Architecture*, par M. *Blondel*, & j'ai
cru que l'impreffion en feroit utile, & que le
Public verroit avec plaifir les foins & le zéle de
l'Auteur pour l'inftruction de fes Eleves. Fait à
Paris le 13 Avril 1754.

LE BLOND.

# ERRATA

Avertissement, page 2, ligne 2, au lieu de *proposant* lisez *présentant*.

Page 9, ligne 14, *procuré* lisez *procurée*.

*Ibid.* ligne 21, *contraint de* lisez *engage à*.

Page 11 ligne derniere, *nous nous sommes* lisez *ne nous sommes nous pas*.

Page 26, ligne 4, *fonc-* lisez *fonctions*.

Page 28, ligne 4 des notes, *eu* lisez *eue*.

Page 31, ligne 11, *mais il* ôtez *il*.

*Ibid.* ligne 7 des notes, 44 lisez 69.

Page 39, avant derniere ligne, *apréciés* lisez *apréciées*.

Page 46, ligne 3, *la charlatanerie* lisez *l'incapacité*.

Page 50, ligne 9 des notes, *dire* lisez *citer*.

Page 68, ligne 23, *consacrés* lisez *consacrées*.

Page 70, ligne 16, *tendante* lisez *tendant*.

Pendant l'impression de ce petit Ouvrage, dont quelques occupations importantes de l'Auteur ont ralenti l'impression, MM. d'*Ons-en-Bray*, *Hulst* & *Pineau*, que nous avons cité dans les notes pages 53, 55, 62, sont décédés. Nous avertissons aussi qu'au lieu de M. *de Foncemagne*, nommé page 61, comme Directeur de la *Salle des Antiques* au Louvre, il faut lire M. *de Bougainville*, qui depuis sa réception à l'Académie Françoise, vient de prendre possession de la Direction de ce précieux dépôt.

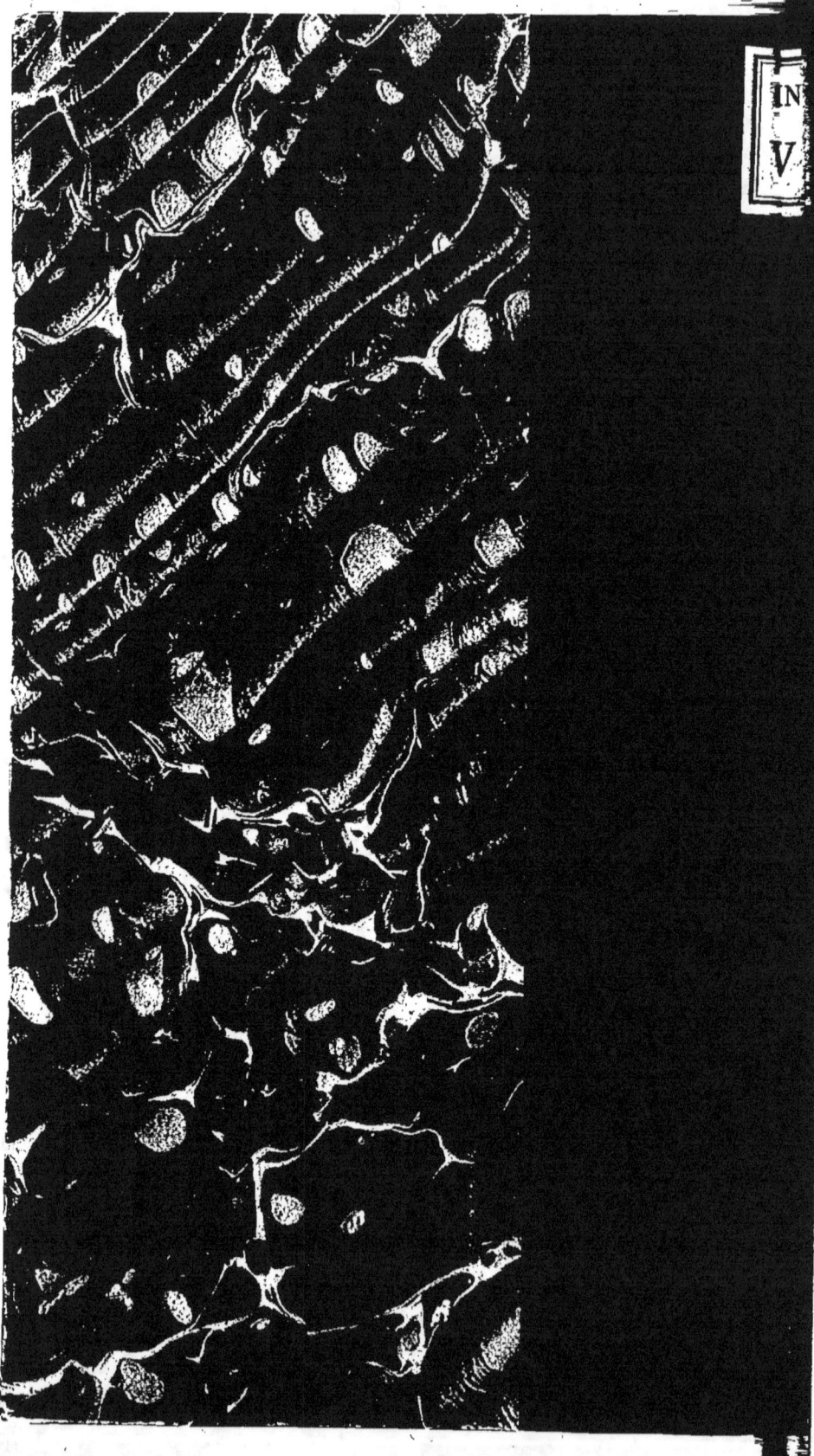